JN068832

妹を溺愛する狼人族（ヴォルフェン）

スフィ

前世の記憶を持つ主人公

アリス

姉御肌の勝気な猫人族（フェリシアン）

ノーチェ

気弱で優しい兎人族（ルプシアン）

フィリア

さぶくえすと：おふろであったまろう！
「念願のお風呂に入れる」

おおかみひめものがたり

とりまる　ひよこ。

ぶんか社

CONTENTS

一章　見上げる世界は灰と雨

二章　みみが西向きゃしっぽは東

一章　見上げる世界は灰と雨

1. 世界はまだ雨の中

『目を覚ますと異世界に転生していた』

今どきありきたりな展開のライトノベルでもなかなか聞かないようなはじまりだった。

引きこもり生活の中、暇を持て余して娯楽にはひと通り手を出した。その中ではゲームがお気に入りだったけど、ネット小説やそれが原作になった漫画なんかもよく見ていた。

人が思い描く空想の世界は、閉塞的な毎日の中に彩りを与えてくれて好きだ。

そんなわけでベッドの上でスマホを弄(いじ)り、いつものように寝る前にやっているゲームのスタミナを消化していたはずだった。

「……？」

目覚めはまるで長い夢が終わった時のよう。風邪でも引いたのかひどいだるさと倦怠(けんたい)感。

体を起こそうとして、想像以上に手足が動かず、上げかけた手が落ちてベッドを叩(たた)いた。

信じられないくらいに手足が、いや体そのものが重い。関節のあちこちと喉(のど)も痛い。ついでにベッドも床みたいに硬い。何よりもここはどこだ？

「――あーりぃすっ!!」

寝ぼけた頭に甲高い声が響く。高く澄んだ、泣きそうな子供の声だ。

なんとなく英語に近い言葉のようで、獣の唸り声みたいなイントネーションが混じってる。

きしむ体を無理やり動かして声の元へ視線を向ける。そこでは小さな女の子が心配そうな顔でぼくを見ていた。年齢は……たぶん六歳前後ってところ。

泥まみれの肌に薄汚れた灰色の長い髪の毛。顔立ちの整った可愛らしい女の子だ。

着ているのは服……というより襤褸だ。見た目は贔屓目に見ても日本人ではない。

きょとんとしているぼくと目があった女の子の大きな瞳が、途端に涙でうるんでいく。

「ありすっ！　よかった、起きたぁ！」

女の子が泣きながらぼくを抱きしめた。

聞き覚えがあるようでない言語。なのに言葉の意味がちゃんと理解る。聞いてすぐに頭の中で日本語へとスムーズに変換できる。

……ええと、なんだろうこの状況？

外からは雨の音がしていた。木製の天井はひび割れていて、あちこちで雨粒が滴る。

周囲を見れば家財もほとんど見当たらない。生活感が欠片もない完全な廃屋。視線を落とせば、ぼくの体には汚い襤褸がかけられていた。

……うん、やたら硬いベッドだと思ったらただのボロ床だったらしい。

「よかった、よかったぁ！　アリス、ぜんぜん起きなくて……。ずっと起きなかったら、どうしようって！」

ところどころつっかえながら小さな女の子が叫ぶ。抱きしめる力が強くなってきて苦しい。

……ちょっと待って、見た目に反して凄い力。体がミシミシいってる。胸が圧迫されて息が。

「す、すふぃ、くるしい」

「あぁっ、ごめんね、だいじょぶ？」

息も絶え絶えに名前を呼べば、女の子はようやく力を緩めてくれた。肺に流れ込む埃っぽい空気にむせながら呼吸を整える。

解放されてホッとすると同時に疑問がよぎる。ぼく、なんでこの子の名前がわかったんだろう？

女の子は髪の毛からぴょこんと飛び出た、サラリとした銀灰色の毛に覆われた三角の耳をぴくぴく動かして、心配そうにぼくの頭を撫でてきた。

違和感を感じなくて見逃していたけど、この子には動物みたいな耳が生えている。犬や猫に似ている三角形で、髪と同じ色合いの毛が生えた大きな耳だ。

彼女の手がぼくの頭の上を撫でるように動くと、たまに耳を触られたようなくすぐったさを感じる。位置的におかしい。

動かない体に鞭打って自分の頭に手をやると、指先が毛に覆われた三角形の耳に触れる。

「どうしたの、アリス？　まだぐあいわるいの？」

「…………」

ついでにおしりのほうで、大きな何かが動いた気配がした。

知らない筋肉なのに、まるで生まれた時からある器官のように動かせる。背後を見れば、汚れた銀灰色の毛玉がぼくの動揺に合わせて揺れていた。

待って……なんでぼくにまで動物みたいな耳としっぽが？　いや、それよりも。

この子はどんなに高く見積もっても十歳以下。

ぼくは推定十五歳、年齢相応の日本人男子の平均くらいは身長があったはず。

それなのに、寝転んで思うように動けないとはいえ体格差をほとんど感じない。

「アリス、むりしちゃダメだよ？」

更には『アリス』なんて明らかな女性名で呼ばれているのに、何故か自分のことだと認識できる。

「う、うん……ちょっと、こんらん？　してた」

心なしか自分が出す声も高く澄んでいるように聞こえてきた。声の質は目の前の少女とよく似ているみたいだ。

現状を認識してきたところで寝ぼけていた意識が段々ハッキリしていく。それにつれて自分の記憶が蘇ってきた。

……そうだ、この子はぼくの双子の姉。いつも『スフィ』っていう愛称で呼んでいる。

思い出せる。育った村で色々あって逃げている最中、雨に濡れて熱を出してしまった。

そこからは朧げだけど、偶然見つけたこの廃屋で寝込んでいたのだ。

スフィが懸命に看病してくれていたけど、全然熱が下がらなくて……。

思い出すにつれて困惑と混乱が強くなっていく気がした。アリスとしての記憶はしっかりしている。つい最近あったことまでハッキリ思い出せる。

だけど……思い出していくと前世の記憶らしきものも残っているのがわかった。意識はどちらかというと前世のほうが強いように感じる。

ううん、熱で生死の境をさまよったせいで、臨死体験を経て前の人生の記憶が蘇った？

ぱっと思いつく原因はそのくらいだ。前世の記憶を持つ人間がいるって眉唾な話は聞いたことあるけど、まさか自分自身が実証するだなんて。

「……心配かけてごめんね、ありがとうスフィ」

「ううん、よかったぁ」

変に疑われるのも嫌なのでひとまず誤魔化す。熱は下がっているみたいだ。体の調子はすこぶる悪いけれど動けないほどじゃない。

ホッとした様子のスフィを見ていると、さっきまでの胸のざわつきが少し治まった。

彼女がぼく……アリスにとって非常に大切な存在であることはわかる。記憶を思い出すにつれてその認識はどんどん強くなっていく。

感覚的には唐突にできた姉なのに素直に受け入れる事ができた。前世の方が思考として前に出ているはずなのに、スフィを受け入れることに不思議と不快さはない。はじめての感覚だ。

「おねつは下がってるけど、今日はいいこでねんねするんだよ？」

「うん……けほっ」

前世では家族なんてものに縁がなくて、憧れるものがあった。自分が親にあたる人物から冷たい扱いを受けていたと知ったのは、ある程度大きくなってから。

そのせいだろうか、良い姉として振る舞ってくれるスフィの優しさが心地良い。
でも。病人寝かせるのにここは不衛生すぎるのではと思ってしまう。
……まぁ、前世の子ども時代よりははるかにマシか。

2. 街への道筋

ぼくが異世界転生してから数日が経(た)ち、ほぼ毎日気絶に近い状態で夢を見ていた。

見ていた夢はアリスの人生、小さな女の子の悲運の歴史だ。

……ぼくたち双子は、世界にひとつだけの大陸であるゼルギア大陸の西側、ラウド王国という小さな国の辺境にある名もなき村で育った。

まだ乳離(ちばなれ)したばかりの赤ん坊の頃、双子で揃(そろ)って森に落ちているところを錬金術師だったおじいちゃんに拾われたのだという。

村での暮らしは一言で表すならばクソだった。

どうやらこの国ではぼくたちの種族、獣人(ライカン)というものは差別の対象みたいで、偏見に満ちた扱いを受けていた。

半獣という蔑称(べっしょう)で呼ばれて馬鹿(ばか)にされたり、泥団子を投げつけられたり。

おじいちゃんは優しかったけど、ぼくたちを拾った時点で既(すで)に末期の死病を患っていた。医者の代わりもしていた錬金術師だったからか、村の連中も嫌がらせ以上はしてこなかった。

状況が変わったのは、数ヶ月前におじいちゃんがベッドから起きることができなくなってから。

村にはおじいちゃんの親族もいたけど、体の心配をするより先に遺産の分配で揉(も)めるような連中だ。孤児で蔑視対象のぼくたちをどう思っているかなんて、わざわざ言うまでもない。

持ち直せずおじいちゃんが亡くなると、葬儀も終わる前から商人に売り飛ばそうとしてきた。おじいちゃんに言われて準備していた荷物も奪われ、ほとんど身ひとつで逃げるはめになったのはぼくたちの失敗だ。

自分が死ぬ前に荷物を持って逃げろというおじいちゃんの言葉を無視して、最期まで一緒にいようとしたから。

ちゃんとお別れができたから後悔はしていないけど、最初から大変な旅になってしまったのも事実ではあった。

奪われた物の中でも暖かい服や旅の準備がなくなったのが一番痛かったな。

隙(すき)をついて逃げ出した時、持ちだせたのはおじいちゃんの〝本当の遺産〟と、ぼくたち双子の出生の手がかりになる首飾りだけ。どちらも金銭に替えるどころか迂闊(うかつ)に他人に見せられない代物(しろもの)だ。

夜の闇と雨に紛れて森の中に逃げ出して、さまよい歩くこと数時間。体温を奪われたぼくの体調は一気に悪化して……前世の記憶が蘇るに至る。

記憶の整理が落ち着いたところで、重い体を引きずるように身繕いを終えた。数日も経てば精神状態が馴染(なじ)んで心も安定してきた。

体調は良くないけれど、我慢さえすればなんとか動けるってレベルではある。

この状態でも違和感がないあたり、アリスはこれが当たり前だったみたいだ。

前世のぼくはなんだかんだ言って健康体だったから納得しかねている部分もある。

常時風邪みたいな状態で、手足は鉛をくくりつけられているかのように重い。旅で無理をして体調を崩している部分もあるけど、おじいちゃんの用意してくれた薬がないのも問題だ。

おじいちゃんから色々教えてもらっているから、道具と材料さえあれば自分で用意できるんだけど生憎（あいにく）とその両方を失っている。

病気としては『極端に体が弱い』らしくて、薬がなければ即座に体に影響が出るってわけでもないから緊急事態ではないけど……いずれどうにかしなきゃいけない。

今は何よりもスフィと一緒に安全な場所に辿（たど）り着くのが優先だ。

どうして女の子になっているのかとか、自分の状態がなんなのか考えるのは後回しだ。

「ふぅ」

「アリス、おきた？」

ぼくが動く気配を察したのか、廃屋の入り口からスフィが顔を覗（のぞ）かせた。……実はさっきから外でごそごそ音がしてたんだけど、入り口の方で何かやっていたらしい。

左手には刃の欠けたナイフ。右手には皮が剥（は）がれかけの木の棒、枝は切り落とされている。

「スフィ、何してるの？」

「うんとね、ナイフだとやっつけられないから」

説明をすっ飛ばした言葉に一瞬首を傾（かし）げてしまった。つまりナイフだと敵が襲ってきても不安があるから、もっとリーチの長い武器を作っていた……ということらしい。

住んでいた村ではおじいちゃん以外とろくな交流がなかったせいか、ぼくたちの間では以心伝心を前提とした言葉足らずの雑コミュニケーションが日常となっていた。

双子っぽいと言えば双子っぽいけど、早めに直さないと今後困るかもしれない。

「アリスは、スフィが守るからね」

幼い顔に決意を浮かべて、スフィは半端に削られた木の棒を眺める。

こちらの世界には魔獣と言う、魔術と呼ばれる超常現象を操る強力な獣が存在する。知識の中ではここらへんには危険な種類はほぼいないけど、ゼロではない。

近場にいるのは現地語で『這いずる粘塊』と呼ばれる魔獣。便宜上スライムと呼称するけど、およそ間違ってない翻訳だと思う。

ゴムに似た性質の皮膜に覆われた内部にゼラチン質の体液を持ち、その中心に核となる魔石がある。魔獣の中では温厚で臆病、食性は森に落ちている動物の死骸や排泄物、腐敗した果物など。

生態系の中ではミミズやハエに近い位置にいる、いわゆる分解者だ。

人間が近づくと警戒と敵意を見せるけど、棒を振り回して威嚇するだけでも逃げていくほどに臆病。ナイフじゃなく木の棒を使うのは正解かもしれない。

「たぶんね、町まであとちょっとだけど、アリスは動ける？」

「…………んー」

ぼくが起きたので音を気にする必要がなくなったのだろう。廃屋内に戻ってきたスフィが棒を削りながらそんなことを尋ねてくる。正直まともに動ける気はしない。

「じゃあねえ、おねえちゃんがおんぶしたげる！」

「……うん」

前世の記憶を思い出したばかりだからか、スフィが小さな女の子に見えてしまう。今年で七歳だから小さな女の子そのものではあるんだけど、同い年なのに年下に見えちゃうんだよね。

なので頼ってしまうのは情けない気持ちもある。でも背に腹は代えられない。

「……スフィ、おねがい」

「まかせて！」

ナイフを鞘にしまって服の中に隠したスフィが背中を向ける。重い体を引きずって、ぼくはスフィの背中にしがみついた。

記憶が戻ってからはじめての外出だ。

■

そんなわけでスフィの背に揺られながら廃屋を出る。森の真っ只中にぽつんと立つ木造建築だ、廃棄された管理小屋として使われていたのかな。

街を見つけるのは案外簡単だった、というかかなり近くまで来ていたようで耳を澄ませるとすぐに喧騒が聞こえてくる。

聞こえてくる音を追って歩いていくと、すぐに森が途切れて壁が見えてきた。

一度だけおじいちゃんと遠出した時に行ったのは、もっと大きな外壁のある街だった。

……見えた壁は見覚えのあるものとは違う、村の近くにあるっていう名前を知らない小さな町か。

近づいてみると門の前には人が多く集まっていて、しばらくは入れそうにない。

「人がたくさんだねー」

「うん」

「どうしよっか？」

村での経験もあってか、人間……特に普人（ヒューマン）に対して忌避（きひ）する感情がある。ゼルギア大陸には人間と一括（くく）りで言ってもたくさんの種族がいる。

普人っていうのはその中のひとつで最大勢力を持つ人種だ。地球のホモサピエンスに似ている。

「……あんまり良い感じはしない、戻ったほうがいいかも」

よく考えてみれば、ぼくたちは手持ちのお金がない。中に入ってお金を得る当てもない。

こっちには錬金術師ギルドの大きな支部もないだろうし……。

「そだね……」

スフィの方も普人に嫌な思い出があるせいか同意してくれた。集まっている人たちに見つからないうちにすごすごと退散する。

「アリスをずっとあそこに寝かせるわけにいかないし……」

「なにか、街に入れる……方法が、あると、いいんだけどね」

この際怪しい方法でも構わない。壁に子どもが出入りできるような穴が開いてたりしないかな。

そんなことを考えながら森にある小屋を目指していると、草が揺れる音が聞こえた。

明らかに大きなものが動いている気配に、思わずスフィにしがみつく手の力が強くなる。

……いや違う、びっくりしてないでちゃんと伝えないと。

「スフィ」

「わかってる、じっとしてて!」

うるると唸りながら、スフィが揺れる草むらをにらみつける。

程なくして草をかき分けて姿を現したのは、ぼくたちより少し年上に見える女の子だった。

「えっ、えっと……あなたたちは? 背中の子、どうしたの?」

警戒するように、頭の上に生えた兎(うさぎ)のような白くて長い耳をぴくんと動かす。……ぼくたちと同じ獣人(ライカン)の、確か兎人族(ルプシアン)。

少女は困惑しながらも、瞳に心配の色を浮かべながらぼくたちを見ていた。

3. ねことうさぎと双子のおおかみ

普人よりは信用できそうな兎人の女の子との出会い。これを好機と見たぼくはスフィと相談して事情を話すことにした。話していると街から出入りしていることがわかったからだ。

自分たちは孤児で、養い親を亡くした途端に村の連中に売られそうになって逃げてきたとか。

スフィの語った内容を受けて、兎耳の女の子はすぐに同情を見せてくれた。

「大変だったね……あっちにこっそり町に入れる場所があるから……えっと」

「わたしスフィ、こっちは妹のアリス」

「どうも……」

「スフィちゃんと、アリスちゃん……わたしはね、フィリアっていうの」

はにかむフィリアと自己紹介をして、スフィに背負われたまま先導する彼女を追いかける。フィリアが案内してくれたのは、木々に隠されるように存在する小さな洞窟（どうくつ）の入口だった。

……てっきり壁のどこかに崩れた箇所でもあるのかと思った。

「こっち、中は暗いから気を付けてね」

「だいじょぶ！」

ぼくたち双子は月の神獣『月狼（げつろう）マーナガルム』の力を受け継ぐと言われる狼人族（ヴォルフェン）。本物の狼（おおかみ）よりも夜目が利くし、狭い場所も平気どころか落ち着く。

「アリス、へーき？」

「うん」

スフィに降ろしてもらって、先に入ったフィリアを追いかけて穴を進む。

フィリア、スフィ、ぼくといった順番だ。中はまったく光が入らないわけじゃないみたいで、視界は十分に確保できていた。夜目の利かない種族なら厳しかったと思う。

洞窟を進んでいくと途中から土砂の中に人工物の痕跡が混じり始めた。どうやらこの先には地下に造られたなんらかの構造物があるようだ。

「こ、こっち、段差あるから、気を付けてね？」

「うん！」

少し進むと、スフィ越しに見えていたフィリアの姿が不意に消えた。同時に硬いものを踏みしめる音がたぁぁぁんと響く。

響き方からして天井のさほど高くない細い通路かな。広くはない、かなり細長いかも。

「スフィ、水の匂いする？」

「んー……しないよ？　ホコリくさい」

ぼくは耳には自信があるけど鼻は利かない。ぼくよりずっと鼻の利くスフィの言うことなら間違いないだろう。ホコリ臭いってことは乾燥してるのか。

「あ、ちょっとまって」

スフィがもぞもぞと進むと、上半身から向こう側に落ちるように消えた。どさりと何かが落ちる音がする。

すぐ後、スフィがにょきっと穴の向こうに顔を覗かせて……また下へ消えていった。かと思えばまた現れる。何してんの。

「アリスっ、こっち、だんさたかい、きをつけて！」

「あ、うん」

下から言ってくれれば十分聞こえる。でも頑張ってくれてるんだから言わずにおこう。

慎重に穴の端から下を覗き込むと、目算でざっと二メートルくらい下の方でスフィとフィリアがぼくを見上げていた。

「……………」

………………え、高くない？

「アリス！　おねーちゃんが受け止めてあげるから！」

「怖がらなくていいよ、大丈夫」

前世の常識とか感覚で怯（おび）えてるのは確かにあるけど、それ以上にこの段差を平気で降りるの凄いねふたりとも。

固まるぼくにスフィが両手を広げたポーズを見せた。まって、せめて脚側から行かせて。

狭い横の中で丸まるように向きを変えて、おしりの方から少しずつ穴の下へ降りる。

「そうそう、ゆっくりね」

「大丈夫だからね」

「あっ」

掴(つか)んでいた部分がボロリと崩れて、全身を浮遊感が襲う。悲鳴を上げるよりもはやく、どちらか……あるいは両方がしっかり受け止めてくれたようだ。

誰かの腕に抱きとめられた瞬間、冷たい汗がどっと出た。

「ありがと……」

「うん、けがしてない？」

「え、えらいね、頑張ったね」

なんとか立ち上がって振り向くと、ぼくを抱きとめていたスフィとフィリアのふたりがホッとした様子を見せる。

フィリアの方はなんだかちょっとぎこちないけど、演技ってわけでもない。……年下の子の相手が慣れてない感じだ。

思考を巡らせながら暗闇の中を見回す。流石(さすが)にここまで来ると明かりもほとんど届かないせいでかなり見辛(みづら)いけど……水路って感じじゃないな。

あちこちひび割れてるけど石レンガを積んで造られた人工通路だ。ぼくたちが降りた穴は……あぁ、木の根が壁を貫いたのか。

セメントが丁寧に隙間なく詰められてる割には全体の劣化がひどいし、あちこち苔生(こけむ)して植物に侵蝕されてひび割れてる。まともに使われなくなって久しいのだろう。

「あっちに進むと街の中に繋(つな)がってるの。隠れ家に案内するね」

「うん、ありがとう！」

フィリアが笑顔を作って先導するように歩き出し、スフィがそれに続いた。

ふたりの背中を追いかけようとしたところでスフィがこちらを振り向いて、その場でしゃがむ。

「アリス、長いよ？　たおれちゃうでしょ？」

「……はい」

地下通路は結構長さがある。情けないけれど、ぼくはスフィの言葉に甘えることにした。

■

フィリアはこの町のスラムに住んでいる兎人族（ルプシアン）の女の子。年齢は九歳で、八歳の猫人族（フェリシアン）の女の子と共同で暮らしているそうだ。

この町にも孤児院はあるらしいけど、獣人は入れてもらえないらしい。

行き場所を失く（な）してスラムへと流れ着いたフィリアたちは、数ヶ月前から一緒の建物を住居として使うようになったのだという。

「こっちだよ、足元気を付けてね」

あちら側の事情を聞き終えた頃、ようやく地上への出口が見えた。

外に出てみると、思っていたようなスラムとは全然違う光景が広がっていた。

石造りの建築物が立ち並ぶ遺跡群みたいな感じで、ゴミなんかほとんどない。建物を侵食するように植物が生い茂っていて、人が潜んでいるような気配も形跡すらなかった。

天気が良ければ風光明媚という言葉が似合いそうな場所だ。

「ここはスラムの奥だから、あんまり人がこないの」

そう言ってフィリアが見つめるのは生い茂る植物の向こう側。そっちには思い描く通りのボロい建物が並んでいて、正しくスラムといった風情がある。

「アリスちゃん……。スフィちゃんも、あのね、あっちには近づいちゃダメだよ？」

「どうして？」

空気の匂いを嗅いでいたスフィが、耳をふにゃっと斜めにしながらフィリアに尋ねた。

「あっちは普人の縄張りで、獣人が近づくと……ね」

「あー……」

ぼくたちの育った村では『半分獣の魔獣モドキ』なんて呼ばれることもあったっけ。

ラウド王国がある大陸西方では光神教会という宗教が最大勢力で、そこが普人族至上主義を掲げているため獣人が差別対象になっている。

いわゆる『ホモサピエンスだけが人間だ！』って考え方が根付いているのだ。

フィリアの言う通り、あまり近づかないほうがいいかもしれない。

「そういうことだから……。でもここには、町の人も近づかないから」

「うん、わかった！」

元気よく返事したスフィに合わせてぼくも頷く。ぼくたちの目的はこの町に住むことじゃない。

危険を避けるという意味でもスラムに近づかないことは問題なかった。

問題は……人のいる場所に近づかずにどうやって旅の準備をしようか。

大きな錬金術師ギルド支部のあるフォーリンゲンまで行けばなんとかなるんだけど……。

「私たちの隠れ家はあっちに……ほら、あそこの小さい遺跡」

先導するフィリアが指し示したのは崩れずに残っている小さな建物のひとつ。ぼくたちが使った通路とはまた別の遺跡のようだ。

入口付近では女の子が壁に背を預けていた。真っ黒な髪の毛に、同じ色の三角形の耳にひょろりと伸びる長いしっぽ。黒猫、そんな表現がぴったりな猫人族(フェリシアン)の女の子だ。

様子を窺(うかが)いながら近づいていくと、黒猫の子は頭をかきながら耳をピクリと動かしてこちらを見た。あの子がフィリアの言っていた猫人かな、年齢を考えたら少し小柄に見える。

「フィリア……帰ったにゃ？」

「ノーチェちゃん、待っていてくれたの？」

吊(つ)り眼(め)がちのエメラルドグリーンの瞳がこちらを見る。一瞬嬉(うれ)しそうに緩んだ口元が、スフィとぼくを視界にいれた瞬間に硬直した。

「この子たちね、村を追い出されて町まできたんだって。しばらくここに置いてあげたいんだけど……いいかな？」

「…………」

ギロリと、あからさまな敵意を剥き出しにした視線を向けられる。……なんで？

スフィが敵意を感じとったのかしっぽの毛を逆立てた。

困惑しかなかった。ぼくたちは間違いなく初対面、困ったことに嫌われる原因がわからない。

「ノーチェちゃん……？」

「チッ……仕方ないにゃ。置いてやるにゃ。ただし、変なことしたらすぐ追い出すからにゃ」

フィリアの困ったような声を聞いて、黒猫の女の子は視線をそらした。納得はしていないようだけど受け入れることにしたいみたいだ。

……何かやらかして睨まれるのならわかるけど、どうにもそういう感じじゃなさそう。

ぼくたちの髪の毛やしっぽに目が向いていたし、フィリアには普通に応対してるあたり種族そのものに思うところがあるのかもしれない。

種族は変えられないし、こっちじゃどうしようもないよなぁ。

「あの、ありがとう」

いきなり敵意を向けられたせいで、ちょっと警戒モードに入ってるスフィに代わってお礼を言う。

黒猫の子はぼくたちをジロリと睨んでから、ふんっと鼻を鳴らして遺跡の中へ入っていった。

どうすればいいのかとフィリアを見れば、あっちもあっちで固まっていた。

「……え、あ、あの、えっと。ノーチェちゃんも普段はね、明るくて、あんな感じじゃないんだけど……き、機嫌、悪かったのかな？」

おじいちゃんが床に伏せるようになってから、保護者がいなくなったぼくたちに向かって村の連中の悪意はどんどん強くなっていった。

そのせいか、直接的に向けられる敵意にはどうしてもナーバスになってしまう。

ムスッとしてしまったスフィをなだめるように、長い髪の毛を梳いて落ち着かせる。ぼくは今生の七歳に前世を合わせればえーっと。………たぶん二十は超えてるはず。

合計年齢的にはいい大人。たとえ前世が社会と隔絶された、引きこもりのオタクゲーマーだったとしてもだ。せいぜい八歳か九歳といったところの女の子の悪態くらい気にしない。

むしろ態度に出すほど気に入らない相手でも、年下の子が困窮してる様子を見て懐に入れるあたり十分に凄いと思ってる。ふたりの姿を見る限り、余裕なんてなさそうに見えるし。

そんな状況で、新しく働けるかどうかもわからない子供を助けるなんてリスクが大きすぎる。どんなトラブルを呼び寄せるかもわからないし、大事なものが傷つくかもしれない。

あの年で感情を抑えて他の子を受け入れる事ができるなんて、十分に凄いと思う。

『簡単に心を許すな。受け入れたなら裏切るな』

前世の保護者の言葉を思い出す。苦労してきたから、人間の醜さならよく知ってると笑ってた。だからこそ綺麗事の大切さもわかるんだなんてうそぶいていたっけ。

……立場は逆だけど、受け入れてもらったなら裏切っちゃいけない。友人や恩人を簡単に裏切るようなやつはいつか誰にも信じてもらえなくなってしまうから。

まずはあの子に信用してもらえるように頑張ろう。スフィをなだめて、ぼくたちはフィリアに案内されて彼女たちの塒へと入っていった。

4. 前途多難な四人四色

遺跡はどんなふうに使われていた建物なのか、内部は思ったよりも大きかった。降りてすぐ大きな広間があって、左右の壁には奥に繋がる道がふたつずつ。

天井を見れば長い時間をかけて樹木が貫いた穴からは日差しが入り込んできて、苔生した煉瓦(れんが)を照らしている。風情と趣きがある中身に思わずおぉって声が出かけた。

「それで、お前らは何ができるにゃ?」

ノーチェは石の段差に腰掛けてあぐらをかいて待ち構えていた。

「の、ノーチェちゃん……」

「黙るにゃ。あたしらだって余裕はないんだ、何もできないやつは置いておけにゃいぞ」

「…………」

相変わらず敵意バリバリの視線に、スフィの警戒モードが高まっていくのを感じる。

敵意はともかくとして、彼女は何もおかしなことは言ってない。当たり前過ぎて疑問を持つほうが難しい要求だ。スフィだってそんなことわかってる。

でも年上の子にいきなり上から来られたら反発してしまうんだろう。

「……いろいろできるもん」

「色々ぉ……?」

スフィの抽象的な返答に、ノーチェはハッと小馬鹿にしたような声をだす。場の空気がどんどん冷えていくのを感じた。案内してくれたフィリアもおろおろしている。

「できにゃいやつが言い訳に使いそうな言葉にゃ」

「言い訳じゃないもん」

スフィは実際に〝色々〟なことができる。我が姉ながら天才肌で、できないことのほうが少ない。子どもらしく夜はこてんと寝てしまうけど、昼間なら体力も大人顔負け……というかスタミナ切れしてるのを見たことがない。家事も採集も病人の看病も一通りこなせる。問題なのはぼくの方だ。

「へぇ……じゃあそっちの……」

「いもうとのアリス」

「妹は何ができるにゃ？」

スフィと火花を散らしていたノーチェが今度はぼくに矛先を向ける。

色々考えた末にぼくは正直に答えることにした。その場しのぎの嘘(うそ)は後で面倒を倍にするだけ——

——前世の保護者の受け売りだ。

「ほとんどない」

「……はぁ？」

苛立(いらだ)ったような声を出されても実際に現状でできることはほとんどない。おじいちゃんから錬金術は習っているけど、必要となる触媒なんかの道具は全て失ってしまった。

魔術の知識はあるけど体質的に魔力がほとんどないみたいで、簡単なものすら発動できない。

「ほんっとのやくたたずかよ……」

「アリスはからだが弱いの！」

「何もできないやつは置いておけにゃいって言ったばかりにゃ！」

「スフィがアリスの分まではたらくもん！」

売り言葉に買い言葉の応酬に口を挟めずにいると、ノーチェがバシッと膝を叩いて立ち上がった。

長いしっぽが勢いよく左右にバタバタ揺れている。

対応するようにスフィがぼくを背中から降ろし、しっぽを持ち上げたまま前かがみになった。

スフィは完全に攻撃体勢、ノーチェの方はわからないけどしっぽの動きはご機嫌には見えない。

ゴングを鳴らせば取っ組み合いがはじまってしまいそうで、正しく一触即発だ……どうしよう、ぼくじゃ喧嘩は止められない。

数秒のにらみ合いの末、ノーチェはそれでも暴力に訴え出ることはなかった。ぐっと苛立ちを呑み込んで、近くでおろおろしていたフィリアを睨む。

「……チッ、フィリア！　今日の収穫は!?」

「あ、ご、ごめんねノーチェちゃん……この子たちを連れていってあげなきゃって、これしか」

フィリアは出会った時から手に持っていた少量の山菜らしきものをノーチェへ差し出した。

……あぁ、思いっきり邪魔する形になっちゃったのか。

申し訳無さに耳をぺたりと寝かせていると、怒りと敵意を表情に張り付けたノーチェがぼくたちを睨みつけた。

「お前らのおかげで晩飯はそれだけになりそうにゃんだが、え、どうするつもりにゃ？」

「スフィが採ってくるもん！　それでいいんでしょ⁉」

「当然にゃ！」

にらみ合うふたり。ぼくじゃ火に油を注ぎそうで口を挟めない。

「アリスはここで休んでて！　おねえちゃん行ってくるから！」

「ぼくも……いや、わかった」

せめて手伝うべきかと思ったけど、ただの足手まといになることに気付いてやめた。

スフィの足なら逃げ切れる状況でも、ぼくのせいで逃げられなくなることだってあるのだから。

「アリスはここで待っててて！」

「…………うん」

スフィがしっぽを高くあげ、のしのしと廃墟を後にしていく。

おそるおそるノーチェを見た。弱い相手に暴力を振るうタイプじゃなさそうだけど、自分たちしかいなくなると流石に気まずい。何を話したらいいかわからないし。

「……いい御身分だにゃ」

「の、ノーチェちゃん……」

手持ち無沙汰（ぶさた）のあまりしばらく見つめ合っていると、ノーチェはハッと吐き捨てて右手奥側にある道の向こうへ行ってしまった。緊張が解けて、どっと疲れが溢（あふ）れ出す。

「あの、ご、ごめんねアリスちゃん」

「ううん、こっちこそ押しかけちゃって、ごめん」

申し訳無さそうにしてるけど、フィリアは何も悪くない。むしろ迷惑をかけたのはこっちだ。

「その、ノーチェちゃんね、なんだか気が立ってるだけで、ほんとはね、良い子だから……あの」

「だいじょうぶ。ぼくはここでスフィを待つから」

「う、うん……ノーチェちゃん、なんとかなだめてみるね」

フィリアに気を使ったからかもしれないけど、あれだけやりあってもぼくたちを無理に追い出そうとしてないんだ。悪い子じゃないっていうのはわかる。

大丈夫だと伝えるとフィリアはホッとしたような顔でノーチェを追いかけて奥へ行った。

見送ってから、ぼくはその場に座ろうとして耐えきれずに寝転ぶはめになった。床が汚いとか言ってられない。精神的にも肉体的にも限界だ。

■

近づいてくるスフィの足音に体を起こす。

天井の隙間から入る陽の光が少し弱まっていた。少し横になるつもりががっつり寝てたらしい。

体の上に布がかけられてる。汚れで匂いがごっちゃになっていて、誰がかけてくれたのかわからないけど……フィリアかな。

「ただいま！」

遺跡に入るなり、ダンッと地面を踏みつけてスフィが叫ぶ。ご機嫌斜めは継続中だった。

「……思ったより早かっ――」

声に反応して奥から出てきたノーチェは、スフィを見て絶句した。

大きな葉っぱと細い茎で作られた簡易バッグ。それにあふれるほど詰め込まれた山菜と果物。スフィはどや顔で獲物を地面へ下ろす。

「……にゃ」

「これでもんくないでしょ？」

ふふんと鼻息荒く自慢げなスフィを前に、ノーチェはなんの言葉も返せないようだった。

「これ、見たことないけどちゃんと食えるにゃ？」

山菜はパッと見じゃ食べられるものかどうかはわからない。だからこそ種類と植生を理解してないと量を集めるのは難しい。ぼくが見る限りでは食べられるものばかりだった。

「おじいちゃんが錬金術師(あるけみすと)だったの！　ちゃんとわかるもん」

ぼくはもちろん、スフィも素材の採取法や見極め方なんかを習っている。

「にゃ…………」

「スフィちゃん、すごいね」

「約束通り、いっぱい採ってきたよ！」

スフィが胸を張って固まっているノーチェを見た。よっぽど悔しかったみたいだ。

「チッ、まぁ、姉の方はそこそこ使えるみたいだにゃ」

「これでもんくないでしょ⁉」

「…………………ふん、ここにいることは認めてやるにゃ」

腕を組んでそっぽを向いたノーチェが複雑そうにしながら言った。

「スフィちゃん、すごいね。もしかしてふたりだけでも大丈夫だったんじゃ……」

「んー、むずかしい」

持っていた即席バッグを地面に置きながらスフィが答えた。

「え？」

「アリスのことね、放っておけないの。フィリアがいてくれたからしゅうちゅうできたの」

スフィが横になって見守るぼくと、その上にかけられた布を見る。

フィリアはなんとなく信用できそうな感じだし、ノーチェも無闇に暴力に訴えることはなかった。

だから短時間なら大丈夫だと判断してひとりで動けたようだ。

「……そっか、スフィちゃん、妹おもいなんだね」

「うん！　たったひとりの妹だもん」

胸を張って答えるスフィに、胸の辺りが温かくなった気がした。

ぼくにとっても、たったひとりのお姉ちゃんだ。それだけは前世の記憶が蘇って、今の自分の人格が曖昧になっても変わることはない。その事実になんだかちょっと安心している。

「……あ、そうだフィリア、これありがとう」

「へ？」

話が途切れたところで、忘れないうちにかけてもらった布のお礼を言おうと思った。大分ぼろぼろだけど貴重な布類だろうに。

「あ、それはね……」

「フィリア！　遅くなったけど昼メシ作るにゃ。それと狼の妹！　手伝いくらいはするにゃ！」

何か言いかけたフィリアを遮ってノーチェが呼んだ。とりあえずお礼は言えたのでいいかな。

「うん、わかった！　アリスちゃん、お手伝いできる？」

「もんだいない」

素直に頷く。前世は引きこもりだったけど趣味はゲームと工作と料理だ。複雑なものは無理だけど、料理のやり方ならまだ覚えている。

「スフィもてつだう！」

「スフィは頑張って採取してきたんだから、休んでて」

自分も参加しようとするスフィをそっと押し留める。ぼくだって世話になりっぱなしは嫌だ、少しくらい出番がほしい。重い体に鞭打ってなんとか立ち上がる。

そしてフィリアの手伝いをしながら、洗い場すらない廃墟の中で四苦八苦しながら作ったのは『集めた野菜を焼いたもの』。

……うん、火を熾すのにも苦労した。

量こそ多かったからスフィたち三人は満足してたけど、前世の記憶でもっと美味しいものがあることを思い出してしまったぼくは素直に喜べなかった。

前に培った料理スキルは、その大半が文明の恩恵によるものだったんだなぁと実感させられることとなった。いつか調味料も確保して、みんなに美味しいものを食べさせてあげたいな。

■

かくしてぼくたちのギクシャクした共同生活がはじまった。

「ちょっと大変だった」

「おつかれさま、今日はありがと」

「きにしないで、スフィはおねえちゃんだもん」

分けてもらった部屋に入り、床の裂け目に持ってきた小さな袋を丁寧に隠した。これは絶対に見せてはいけないと言い含められているものだった。

無事に隠し終えると、その日のうちにスフィとこれからについて相談した。

しばらくノーチェたちに世話になって体調が落ち着いたら『フォーリンゲン』を目指す。本格的な準備はそっちでやって、それからおじいちゃんから聞かされていた故郷を目指す。

ぼくたちの故郷はゼルギア大陸を東西に分断する巨大な山脈、『岳竜山脈(がくりゅう)』を挟んだ向こう側、東方の最北端にある『アルヴェリア』という国だ。

昔に崩壊した旧獣王国から逃れた獣人たちが暮らしている国で、とても文化が発展している住みやすい国だそうだ。少なくともおじいちゃんの知る限り獣人差別はなかったらしい。

国教は『星竜教』。世界の管理者とも言われる精霊たちの最上位存在、神獣『星竜オウルノヴァ』を主神としている宗教で、光神教のような普人至上主義みたいな考え方はないようだ。

大陸全土に根を広げる『冒険者ギルド』や『錬金術師ギルド』の本部がある国で、この大陸でもっとも栄えていると言っても過言ではない。

……以上、おじいちゃんの受け売りだけど。

かなり距離があるので長旅になるけど、アテがないよりはマシだとそこを目指すことにした。

不安要素はノーチェとの関係だったけど、数日もするとお互いにすこしだけ距離が縮まった。

スフィとノーチェが食料を集める採集担当、フィリアとぼくは集められた食料の処理と管理という役割分担のおかげもあったと思う。

この辺りの森は食べられるものが多くて、知識さえあれば結構な量が集められる。

フィリアたちが今まで食料集めに難儀していたのはこの部分が原因だ。

優秀な錬金術師に様々な知識を教えられているスフィは、本来ならひとりでも余裕で生きていけるポテンシャルがある。

逃避行中に困窮したのは優しいスフィが病弱で動けない妹を森の中に放置することができなかったせいだ。つまりぼくが足を引っ張っていたってこと。

けれど、フィリアがぼくの面倒を見てくれることでスフィはその実力を遺憾なく発揮できるようになった。ノーチェも触発されたのか、真似をして知識を吸収していく。

このふたりは〝並外れたポテンシャルを持つ子ども〟という意味では同類だったのだろう。

いい感じに競い合える環境が出来上がったこともあり、ふたりは競い合うように働いた。働きすぎて周囲の山菜を採り尽くすんじゃないかという勢いだった。

ぼくとフィリアの方も、運ばれてくる食料の処理に四苦八苦しているうちに少しずつ話せるようになって……なんだかんだで上手くいっていた。

そんなふうに日々を過ごしていたある日、大雨が降った。

■

「最悪にゃ……」

奇しくも集めてきた山菜や魚なんかを保存のために干す準備をしている最中だった。外はざーざーぶり、過度の湿気で汚れたしっぽの毛がうねる。気分も滅入る。

「干せなくなっちゃった」

「食べきるしかにゃいかー……」

貯蔵分はあるから心配はしてないけれど、食べ物の保存が利かなくなりそうなのが痛い。

「日持ちするもの以外は食べるか焼いちゃおう」

既に天日干しと乾燥が終わってるものを除いて、加工中のものも含めて火を通してしまおう。そうすれば常温でも一日くらいは持つはずだ。

「薪持ってくるにゃ」

左手前側にある貯蔵庫へ向かい、乾いた枝を持ってくる。

それを使って入り口付近で火を熾した。本当は外でやるべきだけど、生憎と雨なのでこのあたりで妥協する。

小枝に山菜と魚肉を刺してよく火を通し、焼けたものから葉っぱで包むことにする。肉食系の獣人は肉の生食も平気だけど、今は万が一お腹(なか)を壊した場合にリカバリーが利かないので安全策だ。

いくつかある野菜だけの串はフィリア用。兎人族はあまり肉を好まないらしい。食べすぎるとお腹をこわすそうなので消化機能が草食に適しているんだと思う。草食中心の雑食って感じか。

猫人族は肉食中心の雑食。野菜よりも肉を好むけど、多すぎなければ野菜も食べられないわけじゃないそうだ。

狼人族はほぼ完全な肉食で、野菜を食べすぎると消化できないのでお腹をこわす。個体差はあるけどぼくとスフィは葱(ねぎ)類も食べられない。

「焼けたのからこの葉っぱで包んで」

「この葉っぱって、苦いやつじゃないの？」

用意しておいた葉っぱを手渡すと、フィリアが嫌な顔をした。大きなフィジレの葉はそのまま齧(かじ)るとかなり苦いけど、蒸すと苦味が消えてバジルみたいな香りが出る。

「いちど蒸してるから苦味はないよ」

「へー……」

感心しながらもテキパキと作業を進めるフィリアに合わせて、ぼくたちもどんどん葉っぱ包を作っていく。

一区切りついたところで、隣で作業を終えたスフィが、体を伸ばすぼくをぎゅっと抱きしめて頬を寄せてきた。少し肉付きが薄いけど柔らかいほっぺたがくっつく。

「スフィ？」

「アリスは雨、きらいだもんね」

よしよしと子供をあやすように頭を撫でられた。

雨が嫌いなぼくが落ち込んでいるのを気遣ってくれたらしい。

前世で物心ついたばかりの頃は家に入れてもらえず、ひとりぼっちで冷たい雨に打たれることが多かった。冷たくて寂しい記憶だけが脳にこびりついている。

大きくなってからの引きこもり生活は確かに少し窮屈だったけど、娯楽は十分にあったし……何より雨に降られることがないから快適でもあった。

「雨、はやくやむといいねぇ」

「……うん」

雨のせいで少し冷えた空気の中で、スフィの頬は温かい。あのときも、こうやって傍にいてくれる人がいたら。ぼくは雨を嫌いにならずにいられたんだろうか。

5. 穏やかな雨

先日から降り出した雨は一日経ってもまだ止(や)む気配がなかった。

割れた天井の穴から流れ込んでくる水は、同じく割れた床に落ちるので幸いにして水没はしないけれど。それでも建物の中の空気は冷えてしまう。

今は髪の毛が背中を覆うくらい長い上に、しっぽの毛の量も多い。更にはふんわりとした毛質のせいもあって雨の日は毛のうねりが凄(すさ)まじいことになるのも憂鬱(ゆううつ)だった。

「んー……」

外にも出れず、スフィも隣で不機嫌そうにしっぽを下げていた。

「あ、そだ!」

どうしようかと伏せっていると唸り声を上げたスフィが突然立ち上がる。何事かと眺めていると、一直線に雨の中へと飛び出していった。

髪の毛を振ってばしゃばしゃと雨の中で頭を洗いはじめて、同時に黒く汚れた水が体を伝って地面に流れ出す。

……あー、そうきたか。確かにここしばらく水浴びなんてできなかったし、体の汚れも随分とひどい。狼人の割に鼻が利かないぼくはとっくに麻痺(まひ)していたけど、匂いもかなりきつかっただろう。

雨は嫌だけど、背に腹は代えられない。

「よっしょ……」

重い体を起こして薪を集め、入り口近くで火を熾す。

火が安定したところで外に出て雨に打たれることにした。季節も春を過ぎたあたりだからか、雨そのものはそこまで冷たくはなかった。

久しぶりの天然シャワーを浴びてぶるぶると体を震わせていると、スフィが気を利かして頭を洗ってくれる。

「アリス、さむくない？　あんまり冷やしちゃダメだよ」

「うん、一応火をつけてある」

今の体は少し無理すると即座に熱が出る。筋肉より先に免疫力のほうが音を上げるのだ。人と接触する機会が少なすぎて知らなかったけど、病弱な人間ってのは思ったより生きにくいらしい。

おじいちゃんがいないから薬も今は手元にない、本当に気を付けないと。

「じゃあはやく済ませちゃおう」

「……シャンプーほしい」

「なにそれ？」

「せっけんの……髪の毛用？」

「ぜーたくいわないの、ほらしっぽも」

「わかった」

言われるままにしっぽを差し出し、わしゃわしゃと洗ってもらいながら目を閉じる。スフィはぼ

くの体を気遣ってか、手早く洗浄を済ませてくれた。

「はいおしまい、もどろ」

「うん」

手を引かれながら廃墟の中の雨の来ない位置まで戻って、ふたり揃って体をぶるぶる振って水を払う。……お互いに水滴がかかったけど、気にしても仕方がない。

「……あれ、ふたりとも何やってたの？」

襤褸を脱いで水をしぼりながら焚(た)き火の傍へ行くと、奥から顔を出したフィリアが裸でびしょぬれのぼくたちを見て首を傾げた。

「雨で体洗ってた」

「さっぱりだよー、フィリアもやったら？」

「あ、そっか！」

やっぱり濡れると冷える。丸まって焚き火に当たりながら顔を上げると、フィリアが微妙な顔をしたノーチェを引っ張って外へ行こうとしていた。

「濡れるし寒いし嫌にゃ！」

「でもノーチェちゃん、この辺りだと雨ってあんまり降らないから」

ラウド王国は乾燥しているからあまり雨が降らない。大雨なんてめったにあることじゃない。

近くの川は外から流れ込んだ水が古い遺跡の水路を流れている程度で、浅くて水量がないし生活用水でもあるから汚したくない。壁の外の泉は呑気(のんき)に水浴びできるほど安全じゃない。

体を洗えるような水場はスラムの人間が独占していて、ぼくたちの使える余地はない。ないない尽くしの中で、思い切り水を使って汚れを落とせる機会は今しかないのだ。

「…………」

ノーチェが焚き火の前で身を寄せ合っているぼくたちを見て、あからさまに顔をしかめた。

視線はやっぱり髪の毛としっぽに向かってるように感じる。水で洗って少し汚れが落ちて、灰色が薄汚れた白くらいにはなった。肌も汚れが落ちて垢の下に埋もれていた濃いめの肌色がわかる。

因みにぼくたちの毛並みはしっかり洗えば白銀になる。

どうやらこの色は目立ちすぎるみたいで、村にいた頃はおじいちゃんが用意してくれていた灰色に近い染料で髪を染めていた。今は染料がないので泥汚れが頼りだ。

「……わかったにゃ」

「あ、待って！　私も！」

急にむすっとして、足早に外に向かうノーチェ。戸惑った様子ながらフィリアもそれを追いかけて、雨のシャワーを浴びに出ていった。

……あの反応からして、灰か白系の犬系種族になんかあるのはわかったけど……難しい問題だ。

「スフィ、ふたりのぶんもごはん温めとこ」

「……うん」

こっちもこっちでちょっと機嫌が悪くなったスフィをなだめながら備蓄の葉っぱ包みを出した。

包んだ葉ごと火から離れた位置に配置する。

ふたりが戻るくらいには、程よく温まっていることだろう。

■

高めの干し竿を焚き火の上にかけて、四人分の襤褸をかけて乾くのを待ちながら身を寄せ合う。

「どうせ脱ぐなら最初から脱いどきゃよかったにゃ」

戻ってきたノーチェは随分と落ち着いたみたいだった。

「う、うん……そうだね」

恥ずかしそうに体を丸めているフィリアを見ながら、ぼくは首を左右に振る。

「脱いだら洗濯できない」

「あー……」

汚れた襤褸の洗濯も兼ねていたのだから着たまま洗っちゃうのが正解なのだ。……綺麗になったのかと問われたら答えられないけど。洗わないよりはたぶんマシだ。

「雨、やまないねー」

「うん」

ぴったりと肩を寄せると、くっついた部分だけ温かい。毛布がほしいとないものねだりしながら、まだまだ乾く気配のない襤褸を見上げる。

ゴミみたいな布でも、着るものがあるってだけで安心できるんだなぁ。

「そういえば、スフィちゃんたちって……その、ずっと、ここにいるの？」

少しの沈黙が続いて、耐えられなくなったのかフィリアが恐る恐ると聞いてきた。

そういえば、フィリアたちには話していなかった気がする。

「んー、えっとね、スフィたちね、行くところがあるの」

スフィに続けるようにぼくも口を開く。

「養い親のおじいちゃんの遺言で、アルヴェリア聖王国を目指してる」

おじいちゃんが亡くなる少し前に、ぼくたちに言い残したことだった。

『もうすぐ私は死にます。準備をしておいて、いざとなればすぐに村を出なさい。そして東の岳竜山脈を越えて、大陸北東にあるアルヴェリア聖王国を目指しなさい。あなたたちのご両親はその国にいて、今もあなたたちを探しているはずです』

おじいちゃんはぼくたちの出自を知っているみたいだった。どうせなら直接内容を教えてほしかったけど。何か言えない事情があったのかもしれない。

「アルヴェリアっていうと……えーっと……どこにゃ？」

興味を惹かれたのか、ノーチェが会話に入ってきた。

「えっと……大陸東方の北にある大きな国……だよ？」

ノーチェにフィリアが普通に答えていて、少し驚いた。遠く離れた国の名前はもちろん、位置関係なんてスラムの孤児が知っている情報じゃない。

村の人間を見てる限りでは、長や組合長クラスでようやく読み書きができて、自分の国の名前がわかるとかそういうレベルだった。

「ひがし……」

「山を越えるか海を渡るかして東側に行って、いくつも国を越えないといけない」

今いるラウド王国からアルヴェリア聖王国に行くには結構な距離を旅する必要があった。

病気だったおじいちゃんは旅の道半ばで倒れて物心つく前の幼児を放り出すより、残された時間でできる限りの知識と技術を伝えようとしていたのだと思う。

ぼくたちを無事に送り届けてあげられないことを、最期を迎える直前まで謝っていた。

「そんなところまでいくのにゃ？」

「うん、そこにスフィたちのお父さんとお母さんがいるんだって」

「……ふぅん」

ノーチェの顔が少し曇った。嫉妬、憐れみ、羨望。色んな感情が綯い交ぜになった音が聞こえる。

それは隣で俯いたフィリアも同じことだった。

「本当に、待ってるかはわからないけどね」

「アリス」

スフィの咎めるような声に、ぼくは口を噤んだ。何か事情はあったのかもしれない、だけど自国から遠く離れた西の果ての田舎の森に赤ん坊だけがいて、親からは数年間音沙汰なし。

本当に待っているのか、棄てられただけなんじゃないのか。近づいたら口封じされるんじゃないか。手元にあるのはそう判断せざるを得ない情報ばかりだ。

親だって人間……事情はある。ほんとにそこに行くのが良いことなのかわからない。

「……おじいちゃんの、遺言だから」

スフィだって馬鹿じゃないからわかってるはずだ。だけど希望は捨てられない、おじいちゃんの遺言に従うべきだとぼくも思う。

良い国だと聞かされているし、一度訪れてみて本当に住みやすければ取り敢えずそこで暮らすのも有りだと思っている。

「そのおじいちゃんって、錬金術師さん、だよね」

「うん、おくすりとか、魔道具とかすごくて、いろいろおしえてくれたの」

「ほーん……」

考え事をしている間に、話は自分たちの親の話題へと移っていた。

「森でたべれるもののみつけ方とか、おくすりのざいりょうとかもおしえてくれた」

「錬金術は?」

フィリアは錬金術に興味があるのか、瞳をキラキラさせてスフィの話に乗っかっていた。

「スフィはぜんぜん……錬金術はアリスがすごいんだよ」

「え、そうなの?」

「何もできないっていってにゃかったか……?」

「今は」

ノーチェとフィリアが揃って怪訝(けげん)そうな顔をしてぼくを見た。

錬金術とは学問の総称であると同時に、物質に干渉して変化させるという特殊な魔術そのもの。扱うには物質に干渉するための錬金陣を組み込んだ触媒と知識と技術が必要だ。

体ひとつで実行できる魔術とは違う。道具がなければ何もできない。

「おまえ、ちょっと言葉が足りないにゃ」

自覚している弱みを突かれ、誤魔化すようにしっぽを動か……うわ、濡れたしっぽに床の砂塵が。

「ノーチェちゃんは、狩りをお母さんからならったんだよね」

「……そうにゃ。よく『音を立てるにゃ！』ってげんこつくらったにゃ」

「おじいちゃんも、おくすりとか、食べちゃいけないものおしえてくれる時はちょっと怖かった」

「わ、わたしも、お母さま、マナーのときはすっごく厳しくて……」

「でもかーちゃんのごはんはうまかったにゃ、狩りも凄くうまかったにゃ」

「いいなぁ、お母さまはお菓子の方が得意で美味しかったけど、お料理は……」

「うちも、おじいちゃんはすごい錬金術師さんだけど、料理はあんまり上手じゃなかったの」

しっぽにまとわりつく砂と格闘している間に周りは保護者の話で盛り上がっていた。

ぼくにとっておじいちゃんは祖父でもあり師父でもあった。祖父としてのおじいちゃんはほとんどスフィが語ってしまってる。

師父としての話は錬金術の技術にも関わっていて、基本的に門外不出だから迂闊に話せない。でも、こんなふうに楽しそうにしているみんなの話を聞くのは嫌いじゃなかった。

……保護者かぁ。

不意に前世の保護者……『たいちょー』と呼んでいた人の顔が頭に浮かんだ。

飄々(ひょうひょう)とした洒落者(しゃれもの)で、悪戯(いたずら)好きで、おじさんと呼ばれるのが嫌いなちょいワルの外国人。名前は知らない。

部屋に引きこもってゲームばかりだったぼくを、遊びに行くぞと無理やり連れ出してくれる人だった。たいちょーと、その部下の人たちにはよく遊んでもらった。

部下の人たちにはポーカーのイカサマ、詐欺のやり方、脱獄のやり方とか……今考えるとろくでもないことを教えてもらった。

たいちょーは教育に悪いと怒ってたけど、流石に与太話を真に受けたりはしなかった。

何せ引きこもりオタクゲーマーだ。詐欺や脱獄のやり方なんて教えられても実践する機会なんて一生来ないと思ってたし、実際に来ないまま人生が終わってしまった。

「あたしじゃにゃいって言ってるのに、信じてくれにゃくてさー」

「えー」

「結局ネズミの仕業だってわかって、ごめんにゃーって、軽すぎにゃ！」

「あははは」

思い返せば前世の記憶なんてズルみたいな経験値を持っているのに、ぼくには同世代の子と話した経験がない。

なかなか話に入れないまま、ただ静かにみんなの言葉を聞いていた。

いつか、本で見たような〝信頼し合える友達〟になれたら。今の自分だけじゃなくて前世のぼくの思い出話もできるかな。

「アリスはー、なんかないの？」

「んー」

スフィから水を向けられて、少し首をひねる。だけど技術関連しか出てこない。

「おじいちゃんのおもいでは、大体共通」

「そっかー……じゃあアリスのこと話す！」

「え、やだ」

何を言い出すのかと思えば、目の前で人の過去暴露するのはやめてほしい。

「なんで？」

「なんでも」

「えー」

なんとかスフィを止めて、ぼくは聞き役に徹して思い出話は続いた。服が乾いて、大事な人を思い出してちょっぴりしんみりしてしまった頃。

気付けば外の雨は止んでいて……いつの間にかノーチェとも穏やかに話せるようになっていた。

6. スラムの住人

「失せろ、おまえらにやるもんなんて何もにゃい！」

少しだけ距離が縮まった日の翌日。朝っぱらからノーチェの怒鳴り声で目が覚めた。

眠い目をこすりながら、頭を抱きしめているスフィの腕をほど……けないんだけど。まぁ別にトイレ行きたいわけでもないからいいか。

仕方なくそのまま耳を動かして入り口の方へ向ける。会話がハッキリ聞き取れるようになった。

こういう時は獣人の動かせる大きな耳は便利だなと思う。

「おまえのところ食料集めまくってるらしいな。余裕あんだろ？　助け合いだろうが、分けろよ」

「ふざけんにゃ！　お前らがあたしらに手を貸したことにゃんてねぇだろうが！」

ノーチェと会話しているのは……声の感じから男の子みたいだった。声変わりしてないっぽい声質だから年齢は低そうで断定できないけど。

わざわざ食料をせびりに来たあたりスラムの子供なのかな。声からしてへらへらしていて、間違っても友好的じゃなさそうだ。声色から悪意が滲(にじ)んでいる。

「……町にも、ああいうのいるんだね」

スフィも目を覚ましたのか、ぎゅっとぼくを抱きしめてくる。

普段から馬鹿にしていて、こっちを手助けする気なんてないくせに。そのくせ自分が困ったときはさも当然のように協力を求めてくる人種。

こういった手合はどこにでもいるってことなんだろう。

『貧すれば鈍する。生まれ育ちが賤しい人間は、考え方も生き方も身勝手で賤しくなる。そういう生き方しか教わらないからだ』って、たいちょーさんが言ってたな。

身勝手に振る舞う村の人たちを見て、おじいちゃんが嘆いている姿を一度だけ見たことがある。

たいちょーさんも、近づいてきたヤツの育ちが悪ければ気を付けろと何度も繰り返していた。

比較するとノーチェやフィリアのしっかりした振る舞いが際立つ。訳ありってやつなのかな。

まぁいいや、今はそれよりも……。

「スフィ、あのね」

「ん？」

「起きたいから、はなして？」

「んー」

……ぎゅってしててとは言ってないんだけど。

■

「ケチケチすんじゃねーよ！」

「そうだ、ちょっとくらいよこせよ！」

「お前らみたいなのにやるもんはにゃい！　何度も言わせるにゃ！」

放してくれないスフィと手をつないで様子を見に行くと、入り口付近でノーチェと薄汚れた服を着た男の子たちがヒートアップしていた。

手助けはしないんじゃなくてできない。ああいう子にぼくみたいな覇気のない小さい子が応対したところで限界を越えて嘗(な)められるだけだ。

前世の姿だったなら……結果は変わらないなたぶん。なんとも言えない気持ちで騒ぎを眺めていると、騒いでいた男の子のひとりと目があった。

半分寝ぼけてここまできちゃったけど、姿を見せたのは失敗だったか。

「そいつら、最近きたやつだよな？」

「お前らには関係にゃい」

ノーチェが視線を遮るように、ぼくと男の子の間に立つ。

「なら俺たちに渡すもんがあるだろ、新入りのぜーきんってやつだよ！」

「クロカミのマモノモドキが、追い出されないだけで感謝しろよ」

「――てめぇ！」

やりとりの中で放たれた言葉に激昂(げっこう)したノーチェの毛が逆立つ。

相手の好き勝手な言い分……というよりも、言われた言葉そのものが原因のように見えた。肌がぴりぴりするような怒りの音をさせて、マモノモドキと呼んだ子にノーチェが掴みかかる。

ぼくたち相手に見せていたものとは比較にもならない強烈な怒気に、少し驚いた。

男の子たちも反撃しようとしたけど、掴んでいた子を突き飛ばしながらノーチェが素早く距離を取った。相手は体格も良くて数が多い。身体能力に優れる獣人でも、多数と取っ組み合いは危ない。ノーチェは掴みかかる相手の手を引っ張って転ばせたり、足を引っ掛けたり。とにかく動いて捕まらないようにしながら敵の戦意をくじいていく。

見ていて不安にならない、すごく喧嘩慣れしている戦い方だ。

石の床は経年劣化で崩れかけている。勢いよく転ばされると結構痛い。リーダー格に付き合っているだけの子は痛みであっという間に戦意喪失してしまったようだ。

残りはリーダー格のふたり、ノーチェは既に落ち着いた様子で余裕を持って対処している。今のぼくにできることなんてほぼなかったけど、手助けはいらなそうだ。

スフィもいつでも飛びかかれるようにしてたみたいだけど、ノーチェの動きを見て勝利を悟ったのか既に警戒を止めている。

ひとまず放っておいても大丈夫みたいだから、すぐ近くであわあわしているフィリアに声をかける。気になることがあったのだ。

「フィリア、あれどういう意味？」

「え？」

「くろかみでまものがどうとか」

「……え、アリスちゃんたち、知らないの？」

「？」

ぼくの質問に、意外なことを聞かれたとばかりにフィリアの目が開かれる。知っているのが当たり前みたいな反応に、ぼくとスフィは顔を見合わせた。黒髪の謂れなんてあったっけ。

忘れているだけかと記憶を辿ってみるけど、やっぱり心当たりがない。村に黒い髪の人はいなかったし、おじいちゃんも特に何か言ってた記憶がない。

読ませてもらった本の中にもそれらしい知識はなかったと思う。

魔物っていうのは魔獣とは違ってオバケや怪物みたいなニュアンスで使われるけど。

この世界では普通に魔術が社会に溶け込んでるし、魔獣なんて化物もいる。何かしらいわくつきの種族の特徴が黒髪だったとかなんだろうか？

「そ、その……西の一部では黒い髪は、けがれてるから不幸を呼ぶって言われてて……」

「……ふむ」

重要な情報なのかと思えば、ただの迷信のようだ。ぼくとスフィは揃ってため息を吐く。

「ふ、ふたりとも？」

ゼルギア大陸では黒髪は珍しいらしい。過去に黒い毛並みは良くないものの証拠だーみたいな雑な関連付けをした人間がいたのかもしれない。

黒い髪に何かしらの意味合いがあるのなら、おじいちゃんが知っているはずだ。フィリアに詳しく聞いてみても獣人にだけ伝わる話があるわけでもないらしい。

「なんか安心した」

「ねー」

「怖くないの……？」

フィリアが恐る恐る聞いてくる。知ってて普通に接してるものだと思ってたのが、今知って怖がるんじゃないかって心配してるようだ。

「フィリアは何ヶ月も一緒にいて、何も起こってないんでしょ？　じゃあ謂れのない迷信じゃないの。こわがる理由がないじゃん」

「うんうん」

物事には必ず因果関係がある。仮に不幸が起こったとしても、髪の色が直接の原因になる可能性のほうが低い。

「ぼくはノーチェみたいな髪色、夜の空みたいで綺麗だと思うけどなぁ」

黒い毛の動物なんて知る限りでいくらでもいるし、元日本人としてはノーチェの黒髪には強い親近感すら湧く。

ノーチェみたいに艶の出る漆黒はちゃんと手入れをしたら凄く綺麗な髪になると思った。

「というか、ぼくたちの白い髪だって、おばあちゃんみたいとか言われるし、言われたし」

「いわれたね」

「……ええ」

ぼくたちの毛並みも綺麗にすれば雪みたいに真っ白でキラキラした白銀だけど、手入れの行き届かない状態だと老婆の白髪と大差がない。

染料で灰色っぽくしてたとはいえ、村にいた頃は悪ガキたちには「ババア」呼ばわりされてからかわれてばかりいた。

だから比較として言ってみたら、今度は別の理由で驚かれた。

「アリスちゃん、スフィちゃん。女の子の白い毛並みはお姫さまの色だよ……？」

「……なんの比喩？」

思っていた反応と違う。スフィと揃って首を傾げていると、フィリアは困ったように眉を下げた。

「えっと、昔あった獣人の国の王さまたちは、みんな白い銀色の毛並みだったんだって。だから獣人の白銀は王さまやお姫さまの色だってお母さまが」

「なるほど……」

獣人の国ってことは、旧獣王国関係の話か。

大陸中央北部の雪原地帯にあった獣人の国で、何十年か前に魔王の襲撃によって滅びたそうだ。

魔王っていうのは唐突に発生する災害みたいな怪物で、歴史上ふらりと現れてはたびたび国を滅ぼしている。

当時の獣王含めた王族は魔王と相打ちになって死亡。ビーストキングダムの生き残りは大半が同盟国だったアルヴェリアに、残りは大陸東方南部の森林地帯にある獣牙連邦へ逃れたとか。

……ん？　アルヴェリアに両親がいるってまさか……いやでも当時の王族は魔王と相打ちになって全滅したって話だし。

王族の縁戚が逃げ延びていたとか？　可能性はありそうだけど……今は考えても仕方ない。

ぼくたちはただの狼人族で、普通の双子だ。取り敢えずはそれでいい。

「くそぉ、覚えてろよ！」

「ちくしょう！　半獣のくせに！」

「二度とくるにゃバァァーカ!!」

話が終わったところでちょうど決着もついたようだ。ボコボコにされた男の子たちが逃げていく。

ノーチェの被害はちょっと腕にひっかき傷を作った程度。ほとんど無傷と言っていい。

相手への過剰な暴力もない、傍目にも格上だってわかる良い倒し方だと思う。

争い事に慣れているらしい前世の保護者も『勝つときは徹底的にだ。半端に勝つと嘗められるからな、ただしやりすぎもダメだ』って言っていたし。相手を一方的に圧倒するノーチェの戦い方は理に適っている。

というか、ひとりで同年代の男の子五人をまとめて叩きのめすあたりノーチェは相当にお強い。

喧嘩なら下手したらスフィよりも強いかもしれない。

スフィもひとつ年上の男の子三人まとめてぶっとばせる程度には強いから、やっぱり獣人って全体的に戦闘能力が高いのだろうか。

「…………ふん」

勝利してから、のしのしと戻ってきたノーチェにジロリと睨まれた。

喧嘩中に横でのほほんと会話していたことに思うところがあったのかもしれない。謝ろうとしたけど、しっぽが複雑な動きをしていて感情が読めない。

「……手当する？」

「このくらい大したことないにゃ」

「あのこたち、爪とか汚そう、傷口を汚れたままにしとくのはよくない」

誤魔化すように怪我をしたノーチェの腕を取る。薄皮が少しむけた程度で、一部にうっすら赤みが滲んでいるくらいか。これなら軽く洗って薬草を貼り付けておけば大丈夫そうだ。

「スフィは朝ごはん作るね」

「あい」

朝食の方はスフィに任せて、ぼくはノーチェの手当をはじめる。貯蔵庫まで来てもらって、貯めてある水で手と傷口を洗う。

それからスフィが採ってきてくれていた青葉薬草を水で洗って、もみほぐして傷口に貼り付ける。

この辺りで採れる主な薬草で、外傷治癒用ポーションの原料になるものだ。普通に使っても治療効果があるし、この程度なら半日もすれば治る。

「…………ふん」

「おしまい」

見た目は汚いけど煮沸消毒しておいたボロ布で傷口を縛れば手当は完了だ。

「……ありがとにゃ」

機嫌が良いわけじゃなさそうだけど、何故か聞こえる音は優しい。

この日からノーチェからのアタリが少しずつ柔らかくなっていった。

7. 襲撃者

ここ数日の間で一番雨がひどい日のことだった。

「おぉ、マジかよ、本当にいやがった」

昼下がり、保存していた食事でお腹を満たし、さて何をしようかと考えている時間帯。ざぁざぁと外が見えないほど降りしきる雨の向こうから、そいつらはやってきた。

ザンバラにした髪の毛を不潔に伸ばした無精髭（ぶしょうひげ）の男。そいつを筆頭にした四人組。着ているのは使い古した革鎧（かわよろい）で、あちこちにある傷や染みが実戦を生き抜いてきたことを示している。

腰には鞘に収められた短めの剣。その柄頭（つかがしら）に手のひらを置いて、男は濡れた髪をかきあげて汚い歯をむき出しに笑った。

「な!? ゴレンさん、本当だったでしょ!?」

男たちの後ろからは似たような格好の男の子たちが顔を見せた。見覚えがある、少し前にノーチェと喧嘩したやつらだ。

「…………」

フィリアは横で怯えて縮こまり、スフィとノーチェが尻尾の毛を逆立てながらぼくたちを庇（かば）うように前へ出る。穏やかな話し合いにはなりそうもない。

「あぁ、よく見つけたなお前ら」

「汚れちゃいるけど灰色じゃなくて白っぽい毛皮っすね、しかも牝っすよ！」

「こりゃ運が回ってきたな」

男たちのやり取りでおおよその流れはわかった。ここにぼくたちがいることを、あの子どもたちから聞いたんだろう。

反応からして白い毛並みの狼人は商品として高く売れるのかもしれない。……迂闊に姿を見せたのは完全に失敗だった。ノーチェたちにひどい迷惑をかけてしまった。

「お前ら、何もんだにゃ」

「南路地の顔役、その用心棒ってとこだ。なんでもよお、うちのガキどもが世話になったそうじゃねぇか。詫びにそっちの二匹黙って差し出せ、そしたらすぐに帰ってやるよ」

「…………」

チャキリと男が手元で鞘を鳴らす。スフィが背中でぼくを隠すように庇いながら、視線をノーチェへと向けた。

ノーチェからすればぼくたちは縁もゆかりもない居候。武器を持った男が四人、普通に考えれば切り捨てるのが当然で、その判断を責めることはできない。

雨音に紛れて砂利をかき集める。目の前のスフィの襤褸を背中から引っ張ると、少しだけ振り返ったスフィが小さく頷いた。

近づいてきたら目潰しをして、スフィに背負われて全力で横を抜け、雨にまぎれて地下道へ。

こういう時、なんとなくでも考えが伝わるのはありがたい。相手の様子を窺っていると、苦しそうな表情のノーチェがぼくたちを見ていた。

……せっかく少しだけ距離が縮まってきたのに。こんなことになって少しだけどショックはある。

でも恨んだりはしない。仕方がないことだ。

ノーチェの目を見て小さく頷いてみせる。ここまで居させてくれただけで十分だ、世話になったノーチェたちを危険に巻き込みたくない。スフィも同じことを考えているのがわかる。

こっちはなんとかするから気にしないでほしい。

「……はぁ」

言いたいことが伝わったのか、視線をそらしたノーチェの方から小さなため息が聞こえた。

それでいい、罪悪感なんて抱かなくても。

「──フィリア、きんきゅーにゃ！　いもーとの方を連れて走れ！」

「へ⁉」

「急ぐにゃ！　おおかみの姉！　おまえちょっとは戦れるにゃ⁉」

「スフィだよ！　ちょっとだけ！」

予想外のノーチェの言葉に驚いている間に、スフィがはずんだ声を上げた。

何かを言う前に隣のフィリアに思い切り体を引っ張られる。

「あー、うー、もう！　アリスちゃん、つかまって！」

「フィリ──」

「ひみつの出口があるの」

囁かれる微かな声は耳の良い獣人にしか聞き取れない音量。スフィにも聞こえているようで、耳が一瞬だけピクりと動いた。

「馬鹿かお前？　言っとくがこっちにゃお前を生かしておく理由なんてないんだぞ？　必要なのはそっちの白い狼人二匹だけだ。少しは利口に立ち回れよ」

「はっ」

フィリアの背中に掴まりながら聞こえてくる男の言葉を、鼻で笑うようなノーチェの声が遮った。

「馬鹿はお前にゃ」

ザリっと音を立てて低く構えをとって、黒いしっぽが地面すれすれでうねる。

「――ダチを売るわけにゃいだろうが！　とっとと失せるにゃ！」

「バカが！」

事態が動いた。見栄を切って飛びかかるノーチェを、男が剣を抜いて迎え撃とうとする。相手の動きに迷いがない、あのままだと斬られる。

男の呼吸の隙間をついて、咄嗟に握りしめていた砂利を顔を狙って投げつける。

砂粒をかけられた男が怯んだ。鍛えても生理反応までは止められない、男はまともに砂を浴びた方の眼を反射的に閉じる。

「ぐっ!?」

「があぅッ!!」

男の死角に足元すれすれを駆けたスフィが飛び込んだ。ブーツ越しにスネを蹴り飛ばす。

「ぐぅっ！　この、メスガキども！」

「フシャアッ！」

「があっ⁉」

男は転んだりしなかったものの、痛みで動きを止めた。その無防備な顔を跳び上がったノーチェが爪で引っかく。男は咄嗟に体を引いたものの、完全には避けられなかったようだ。

たたらを踏んだ男は怒りでコメカミに血管を浮かべ、顔の傷を押さえながら剣を振るう。

もっとも、その頃にはふたり揃って間合いから離脱していた。

空気を裂くように切先が風切り音を立てる。薄暗い遺跡の中、雨の隙間から入り込む微かな光を反射して、刀身が鈍く光って見えた。

「……よーくわかったぜガキども、お望み通りまずそっちの猫と兎から八つ裂きにしてやる。お友達がバラされんのを見たらちょっとはおとなしくなるだろうからな！」

「もったいねぇよゴレン、殺す前に俺にどっちかくれよ」

「うるせぇんだよ変態野郎！　痛めつけてやらねぇと気が済まねぇ、捕まえろ！」

男たちがろくでもないやり取りをしている間に、フィリアがぼくを背負って立ち上がった。

「アリスちゃん、走るよ！」

フィリアは人を背負ってるとは思えない速さで遺跡の奥……ノーチェたちの寝室の方へ走り出す。

少しでも時間を稼ごうと、振り返りながら手の中に残っている砂利を男に投げつけた。今度は普通に腕で防がれる。やっぱり不意打ちじゃないと意味がないか。

「てめぇら追いかけろ！」

リーダー格の男の号令に合わせて手に棒を持った男たちが追いかけてくる、それに向かってノーチェが足元の砂利を靴のつま先で巻き上げるように蹴るのが見えた。

考えることは一緒か、目潰しは格上相手への基本だものね。

「先いくにゃ！」

「フィリアっ！　アリスをおねがい！」

ノーチェとスフィがしんがりを引き受けてくれている隙に、フィリアはぼくを背負ったまま奥の寝室へと飛び込んだ。迷わず進む方向には布がふたつ丸まって置かれていた。垢と汗が染み付いてわずかに饐えた匂いがする。そんな部屋の片隅にボロボロの木箱があった。

「これ！」

フィリアはぼくを背中から降ろすと、自分の体くらいはある木箱を掴んで引っ張る。

木箱が退けられると、その下には崩れて開いた穴があった。ちょうど子どもが余裕を持って通れるサイズ。高さは……下の床が見える程度だけど結構高い。

「この穴、地下道に通じてるの」

確かに、ここから確認できる壁はあの地下道と同じ模様だ。繋がっているなら、外に通じる穴までたどり着けば逃げ切れるかもしれない。あそこは子どもしか通れない。

「アリスちゃん……は、ひとりで降りれる？」

「無理」

「だよね……うん、ちょっと待ってね」

体力的にこの高さをひとりで降りるのは不可能だ。確認したフィリアは先に下へ降りて、ぼくに向かって手を広げてみせる。

「アリスちゃん、飛び降りれる?」

「わかった」

「怖いかもしれないけどがんば……ひゃあ!?」

間髪入れずに飛び降りると、ヒヤッとするような浮遊感と共に体が落ちていく。驚いたフィリアが下でわたわたしているのがスローモーションに見えた。

大丈夫だよね、大丈夫だって言って。

「あぶなっ!」

「……こわい」

危険を感じはじめた頃、慌てたフィリアがぼくを受け止めてくれた。危なかった、一瞬このまま落ちるかと思った。

「そしたら、どうしよう」

「一旦この場を離れよう、ふたりなら追ってこれる」

しんがりをしているふたりのことは心配だけど、残っていてもぼくたちにできることはない。

フィリアを促して背負ってもらい、地下道を進みはじめる。

……ふたりも怪我をせず、無事に切り抜けられますように。

8．地下道を進む

フィリアに背負われたまま地下道を進む。

「えっと、確かそこを右に……!?」

走っている最中、唐突にフィリアが足を止めた。進行方向右手側の壁が崩れているのが見える。

「ふ、ふさがってる、どうしよう」

もうほとんど泣いているような声だった。この地下道がどういう意味合いの建築物なのかは知らないけど、かなり昔からあるものに見える。

「この辺りの道、最後に見たのっていつ？」

「さ、三ヶ月前には通れたの……」

古いものだし、ここのところ雨も多かったから何かの拍子に崩れていても不思議じゃない。

「他に道は？」

「ここの地下道は迷路みたいになってるから、あっち側はどうなってるかわからなくて……」

「うーん」

道は普通に続いているけど、フィリアは先がどうなっているのか知らないようだった。

「……道が向こうに繋がってる可能性は高い、進んで」

「う、うん」

促すと戸惑いながら走りはじめる。ぼくを背負ったままなのにかなり速い。

道中の暗闇は問題ないようで、あっという間に争う音が遠くなっていった。

「……ノーチェちゃんたち、無事に逃げられるかな」

「すぐ合流できると思う」

「でも、道がわからないし結構めちゃくちゃに進んじゃったし……」

不安そうに背後を振り返るフィリアだけど、耳を澄ましてみれば小さな足音がぼくたちを追いかけてくるのがわかる。

「ちょっと止まって」

「え？　でも……」

「大丈夫、スフィたちがきた」

足を止めると、フィリアも耳をぴくぴくと動かしてすぐに気付いたようだ。その場でしばらく待っていると足音がどんどん近づいてきて……。

「みつけた！　アリス！　フィリア！　無事!?」

「ほんとにいたにゃ……」

暗闇の向こうからスフィとノーチェが姿を現した、ふたりとも怪我はしていないようだ。

「ノーチェちゃん！　スフィちゃんも！　どうやって追いついたの？」

「匂い！」

スフィの鼻が利くのは知っていたから追いついてくると思ったけど、反応から見てノーチェの方は匂いがわからなかったらしい。

「かびくさいし、一瞬で匂いみつけるのは無理にゃ」

「えっへん！」

「ってそんなコトより早く逃げるにゃ、追ってきてるにゃ」

会話を切り上げて、背後を気にしながらノーチェが急かす。

「今までの経路を見る限り迷路だし、この暗闇の中で追ってこれる？」

ここは光も届かない真っ暗闇の地下道の中、普通の人間がそう簡単に追跡できるとは思えない。

「油断すんにゃ、あいつらたぶん冒険者崩れにゃ」

「……ん」

ノーチェの真剣な表情を見て考えを変える。冒険者を直に見たことはないけど、話だけは聞いたことがある。

捕まえに来たのならそのくらいの準備はしてきているかもしれない。

「とにかく今のうちに進むにゃ」

「ノーチェちゃん、道わかる？」

「前に探検したことあるにゃ。おい狼の姉！　後ろ警戒するにゃ」

「やるもん、めいれいしないで！」

ノーチェの指示にがうーとしっぽを逆立てながら、スフィが後ろ側につく。隊列を組んだぼくたちは、ノーチェに先導されるまま地下道を進んでいった。

■

地下道は古いせいかあちこちが荒れていて、子どもの足では歩きづらい。

道もかなり入り組んでいて、油断すると即迷ってしまいそうだ。ゼルギア大陸西方は古代の遺跡が多いという話は知っているけど、目の当たりにするとなんだか違和感がある。

「なんのための地下道なんだろ、これ」

思わず疑問が口から出る。こんな大規模な地下構造物、目的もなく造られたとは思えないのに、歩きまわってみればまるきり迷路だ。

「………………くしゃい」

考え事をしている最中、スフィが鼻を押さえながら泣きそうな声を出した。空気の匂いを嗅いでみるとカビと土に混じったような腐乱臭がする。

「うえ……」

「にゃんだあれ、気持ち悪いにゃ」

ノーチェの声に目を凝らすと、暗闇の中で壁にこびりつく汚れが見えた。明かりがないので色はわからないけど、何か柔らかいものが壁に擦り付けられたような跡だ。

それが一箇所だけじゃなくあちこちに存在する。古いのもあれば比較的新しいものもあった。

何故だかものすごく嫌な予感がする。

「ノーチェちゃん、このまま進んで大丈夫なの？」

「わかんねーけど進むしかにゃいだろ」

泣きそうなフィリアに、焦った様子のノーチェが答える。それから分岐をいくつも曲がりながら走り続けていると、先に続く道が崩れているのが見えた。

「行き止まりにゃ……」

「この先は……進めないね」

背負ってくれているフィリアの背中越しに崩れた先を覗き込むと、かなり深い地下洞窟になっているようだった。

下がどうなってるのかわからないんじゃ降りようがない。

「引き返すしかにゃいか」

「で、でも道が……」

「覚えてる、記憶術には自信がある。だいじょうぶ」

焦るノーチェとフィリアをそう言って励ます。ここまでの道で進んだ分岐は全部覚えている。

瞬間記憶法の一種で、集中することで目で見た光景を写真みたいに記憶しておける技術だ。前世では引きこもりだったし、暇だったときに練習しまくったからやり方は覚えていた。

本来は鮮明に記憶できるものじゃないんだけど、〝アリス〟は特定の事柄に対する集中力に長けていたようだ。

「……チッ、どうせあたしらも道わかんねぇし、賭けるしかにゃいな」

「最初は右、そのあと左、後は順々に言う」

「戻るにゃ」

みんな揃って振り返り、来た道を戻るために走り出す。頭の中で光景を呼び起こしながら辿ってきた道を逆順に進む。

「ほんとに見覚えあるにゃ」

「アリスはそういうのとくいなの！」

順調に引き返している最中、特徴的な何かでもあったのかノーチェが感心したように言う。

背後から聞こえるスフィの自慢げな声に、少しだけ空気が緩んだ。

「……？」

「アリスちゃん次！　どっち⁉」

「あ、ごめんえっと……左」

一瞬背後から石が崩れる音が聞こえて、思考が止まる。

フィリアに急かされて慌てて答えながら振り向くと、不思議そうなスフィと目が合った。

「どうしたの？」

耳を傾けて音を拾っても地下を空気が動く音だけで生き物の音はしない。走る振動が伝わって自然に崩れたのかな。

「ううん、なんでもない」

どっちにせよ逃げるしかないんだから、気にしても仕方ないか。気持ちを切り替えてナビゲートに集中する。

中ほどまで戻ってきたあたりで自然と走る速度が緩やかになっていった。音が響く地下道なのに人間の気配は感じないし、諦めたのか迷って遠くに行ったのかもしれない。

「音がしないよ、諦めた？」

「そうかもにゃ」

誰かが口にしたのを切っ掛けに、全員の足が止まった。静かな暗闇に乱れた呼吸音だけが響く。

「ノーチェちゃん、この後どうするの？」

「どうするってなんにゃ？」

「逃げ切れたとして、あそこに戻るの？　あの人たちがまた来たら……」

「………」

先頭のノーチェが困った様子で振り返る。暗闇で細かな表情は見えない。

「だけど、こいつらを見捨てるわけにいかないにゃ。かあちゃんが言ってた、まっすぐ生きろ、胸を張れないことはするにゃって。自分のためにチビを売ったら、もうダメにゃ」

「それはそうだけど……」

ちょっとした口論がはじまってしまい、背後のスフィと顔を見合わせる。

「あのね」

ぼくがどうしようか悩んでいるとスフィが先んじて声を上げた。

「ここから東にいったら、フォーリンゲンって街があるの。みんなで行かない？」

「そこは知ってるけどにゃ……」

「お金ないし、身分証もないから門を通れないよ？」

「えっとね、おじいちゃんが錬金術師さんだから、フォーリンゲンの錬金術師ギルドにいけば、めんどうを見てもらえるとおもうよ」

スフィの言葉に否定的だったノーチェとフィリアの態度が軟化する。

「そういえば、養い親のじーさんが錬金術師だって言ってたにゃ」

「うん！　一緒に行ったことあるし、大丈夫だと思う」

「……でも、私たちもいいの？」

「あたりまえだよ！　スフィたちがまきこんじゃったんだし、アリスもいいよね？」

「一緒に来てくれるなら、歓迎」

正直なところ、ずっと考えてたことでもあった。ぼくの体力を考えてもふたりだけの旅には無理があるし、ふたりが来てくれれば心強い。

考えていて言い出せなかったことをスフィが言ってくれて良かったくらいだ。

「……ま、どうせこの町に愛着もないし、行く当てもないしにゃ。付き合ってやるにゃ」

「じゃ、じゃあなんとか逃げて、外に出る？」

ノーチェたちも町に愛着があるわけでもないみたいで、同意を示してくれた。話と方針がまとまって良かったけどその前にやることがある。

「でもスフィ、その前に隠したもの回収しないと」

「あ、そか」

「隠したもの？」

「大事なもの、あの拠点に隠したまま回収しそびれた」

「いっかいもどらないと！」

「仕方ないにゃ……」

今後が決まって余裕が出たのか、ノーチェの声が柔らかい。

「様子見ながらやりすごして、あたしとおおかみ姉で戻って荷物をかき集めてくるにゃ。お前らは出口を見つけたらそこで待つにゃ」

ノーチェの指示を受けて、ぼくたちは今度は足音を消しながら拠点への道を戻りはじめた。

9. 古(いにしえ)の怪物

小さな明かりと共に人間の足音が移動していく気配を、みんなで身をかがめて見送る。

「ガキども！　どこにいやがる！」

「馬鹿野郎、相手は半獣だぞ声を出すな！」

ぼくたちが見つからないことに焦(じ)れた男が叫ぶのを、別の男が叩いて止めていた。

よほど高く売れる見込みでもあるのか、わざわざ明かりを取りに戻ってまで追いかけてきたようだ。まったく嫌になる。

足音は大人のものが三つ、子どものものが二つ。声からしてこの間ノーチェにこてんぱんにやられていたスラムの子ども。分け前目当てで捜索に参加しているようだ。

「どうしよ」

「取り敢えずこのまま隠れて……」

ひそひそ声で相談しているうち、フィリアが身動(みじろ)ぎすると同時にバランスを崩した。足で蹴り飛ばした石が壁に当たって音を立てる。

「音がしたぞ！」

「あっちだ、近いぞ！」

「逃げるにゃっ」

小声で言うノーチェに従い、慌てて駆け出す。

「ごめん、ぼくのせい」

「違うの、私が……っ！」

「いいから走るにゃ！」

「いそいでー！」

幸いなことに追いかける男たちよりぼくたちの方が速い。なんとか距離を維持したまま逃げることができた。

「うそっ!?」

しかしそれも途中まで。進行方向に現れた穴によって道が途切れている。

足を止めたところで、背後から男たちが迫ってきた。

「ようやく見つけたぞガキども……」

野太い声に振り返ると、明かりの中に引っかき傷だらけの男の顔が浮かび上がった。

その背後から、別の男たちもぞろぞろとやってくる。ご丁寧にスラムの子どもまで。

「よぉーしいい子だ狼ども。痛い思いはしたくないだろ、そのままおとなしくこっちに来い。お前らがおとなしくしてるならそっちの猫と兎は見逃してやる」

嘘つきの音がした。怒りと悪意が混ざり込んだ嫌な音だ。

「スフィ、あれうそ」

「わかってる」

ぼくたちを確保した後でノーチェたちを始末する気満々だ。口にするとそんなことわかってると頷かれた。それもそうか、わかりやすすぎる。

「こいつらはわたさねーって言ってるにゃ」

「簡単につかまったりしないもん！」

ノーチェとスフィが庇うように前に出ると、先頭の男が忌々しそうに舌打ちをすると、とうとう剣を引き抜いた。

どうする、この状況。後ろは底の知れない闇で前方の通路は人間の大人が塞いでいる。何か手はないか、どうにか……。

「……？」

少しでも隙を窺おうと耳を澄ませていると、なんだか妙な音が近づいてくる。

「本気でやるんだな？　謝っても痛いじゃすまねぇぞ」

「はっ、上等にゃ」

「いもーとには触らせない！」

地下道を通り抜ける風の音が変わった。同時に積まれた石が崩れるような音が規則的に鳴り出す。

少しずつ、少しずつこっちに近づいてくる。

恐ろしく静かだけど、そこにいると意識すればハッキリとわかる存在感。

あまりにも不気味な音にしっぽの毛が逆立つ。

照明に照らされる男たちの向こう側を睨みつける、明かりが邪魔になってよく見えないその先で、一瞬大きな黒い影が蠢(うごめ)いた。

「お前ら逃がすんじゃねぇぞ、そっちの狼以外はやっちまえ」

「おう！」

ここまで近くでも驚くほどに音が静かだ。集中していないと連中とノーチェたちのやり取りにかき消されてしまう。

突然ふっと気配が静まったと思った数秒後。男たちの背中からそいつはぬっと頭を覗かせた。

「はっ！　ガキ相手によってたかって、なさけにゃ……」

怖さを打ち消すために荒々しく叫んでいたノーチェの言葉が途中で止まる。

大きな鼬(いたち)だ。照明を全て吸い込むような真っ黒い毛並みで、瞳と口だけが異様に赤い鼬の顔が男たちの背景に浮かんでいる。

写真で見たことがあるような可愛らしい鼬とはまったく違う、顔はしわくちゃで、口は耳元まで裂けている不気味な容貌。

魔獣とは明らかに違う、こんなのと遭遇したなら黒を不吉に思っても仕方ないかもしれない。

眼は爛々(らんらん)と光り、まるでニタニタと笑っているように口元を歪(ゆが)め男たちを睥睨(へいげい)していた。

「あ？　どうした、今さらになってビビっちまったか？」

ノーチェもスフィも、しっぽの毛を逆立たせている。ぼくも一緒だ。アレは違う、アレはだめ。

善意にも悪意にも、生き物が出す音には感情や性格が表れる。スフィは明るく優しい音、ノーチェは静かで強い音、フィリアは落ち着いた穏やかな音。

この鼬からは悪意と害意にまみれた音がする。聞いているだけで背筋が凍りそうな悍ましい音だ。

「……ま、仕事が楽な分にはいいけどよ。お前ら、捕まえろ」

道を塞いでいた男たちは、背後に迫るものに気付きもしない。

化物の巨体から伸びた悪魔のように鉤爪のついた腕が二本、最後尾にいた男の腕を掴んだ。

「うわっ!? いきなり何すん……」

驚きの声を上げた男が振り返るなり、固まった。釣られて、とうとうその場の全員が化物の存在を認識する。

「う、うわぁぁぁぁぁぁ!」

「なんだこの化物!? こんなのいるなんて聞いてねぇぞ!」

「ゲド! いつの間にここまで近づきやがった!」

全体像はわからないけれど、頭部の位置からして男たちよりも頭ひとつ分くらいは高さがある。

揺れる明かりに照らされて、捕まった男の腕に黒い獣の指が食い込んでいくのが見えた。

「い……いでぇぇ! 誰か、誰か助けてくれぇ!」

ミシリミシリと音がする。元々歪んでいた鼬の化物の顔が、隠しきれない喜悦で大きく歪む。その場の全員が恐慌状態になるのに、時間は必要なかった。

「ひぃぃぃぃ!」

「くそ、ゲドを放しやがれ!」

「お、お前らどけぇ!」

照明を揺らしながら悲鳴を上げて逃げ出そうとする少年に、助けようと棒で化物に殴りかかる他の男たち。だけど化物は殴られようと蹴られようとビクともしない。

「死ねや、『スラッシュ』！」

剣を持つ男が技名のようなものを叫ぶと同時に剣を振ると、軌跡が淡い赤光を纏って化物の体に迫る。そして――ゴツリと重い音を立てて表皮で止められた。

「がっ……くそッ……俺の武技が通じねぇ」

手首を押さえながらよろめいた男を化物が横目で見やる。手をこまねいているうちに新しい腕が暗闇から出てきた。一本、二本、三本、四本……腕は全部で六本になった。

そのうちの二本が捕まったままの男の顎を掴んだ。それからゆっくりと、本当に少しずつゲドと呼ばれた男の頭を上へ傾けていく。

「う、うわあああああああああ！」

化物の視線は剣を持つ男に釘付けだ。チャンスは今しかない。

「フィリア……フィリア！　ノーチェ、スフィも！　いまのうちに横を抜けて走り抜けて」

「え、で、でも」

「いける、やれる！　ノーチェ！　スフィ！」

がたがた震えているフィリアに声をかけて、肩を叩いて促す。足を止めていたら確実にやられる。

一連の動きでわかった、あいつの目的は相手を〝嬲る〟ことだ。

剣も通らない体で、ここにいる人間を警戒する意味はない。

なのにまるで逃げているかのように、仲間に見せつけるかのように、ひとりを捕まえて痛めつけている。今この瞬間だけなら見逃される可能性が高い。

「ノーチェ！　スフィ！」

「ッ、にゃ」

「う、うん」

「走って！　横を抜けて、今ならいける！　げほっ」

むせるのも構わず大声を出す。正直いちかばちかだ、でも可能性が高いのがこれだ。

迷うな、考えるな、時間が惜しい。

「げほっ、こほっ、走っ……てぇ！」

「くそがぁぁ！　『パワースラッシュ』！」

剣を両手持ちにした男が、先ほどよりやや強い赤光を纏わせた剣を振り下ろす。

見るからに先ほどとは速度も重さも段違いな一撃。切先が魔物に体に埋まり、軋（きし）む音を立てて刀身が割れた。

愕然（がくぜん）とする剣士の男の眼前に、化物は捕まえていた男を見せつけるように差し出す。顔にニタニタとした笑いを貼り付けながら。

「ゴレンさん、た、たすけてくれぇ！」

「あ、あぁ……」

後じさりする剣士の男の前で、化物の腕が動いた。男の首からミヂミヂと嫌な音がしはじめる。

「ぐぶっ、いや、いやだ、いやだいやだいやだ……死にたく、な」

化物の横をフィリアが凄い速さで駆け抜けていく。ノーチェとスフィもそのすぐ後に続いたのが気配でわかった。脇目も振らず走り出せば化物が遠ざかっていった。

「な、なんにゃ、何にゃあれ!?」

「こわ、こわか……ったっ！」

「いそいで、できるだけ、距離を」

姿は見えないけど、ちゃんとついてきてくれてるノーチェとスフィの声に安堵（あんど）した。今のうちに距離を取ってほしいとあらためて声に出す。

「わかってるから！　静かにしてて！」

完全に余裕がないフィリアに怒られて、ぼくは黙りながら背後の音に意識を集中する。

暗闇の向こうから悍ましい悲鳴と断末魔が響いた。ひとつずつ、徐々に鈍くなっては消えていく。

……今のうちに、少しでも遠くに逃げないと。

10. 正しさの鎖

「……追ってきてる」

暗闇を走る背中に揺られながら、背後の音に全神経を集中する。聞こえるのは石が蹴られるような音と柔らかく重い物を引きずる音だけ。

あの化物は自分の音を消す力でもあるのか、気配が読みにくいのが厄介だ。

時折悲鳴のような声まで聞こえてきて背筋に悪寒が走る。

「くそ、逃げ切れるにゃ⁉」

「迷路が厄介……」

どういう手段かはわからないけど、化物はこっちの位置を把握してるみたいだ。付かず離れずの位置を保って正確に追いかけてきている。

「回り込まれた」

「にゃ⁉」

不意に音が遠ざかったかと思えば、すぐに進行方向から肉を叩きつけるような音がした。

あの化物がどこからやってきたのか、どのくらいこの地下道にいたのかは知らない。でも道を正確に把握していることだけは間違いない。

「この先にいる、止まって」

ズザザと砂利を蹴りながら急停止する。危うくフィリアの背中から落ちかけた。

数秒ほど間を置いて、曲がり角からぬっと何かが姿を見せた。

あの男についてきた少年の片割れだ。

「たすけてっ！　たすけてえええええ！」

何かの液体で全身を汚した少年が喉から引き絞ったような悲鳴を上げる。伸びた化物鼬の腕が少年の両腕を持ち、まるで出来の悪い人形劇のように乱暴に振り回す。

悲痛な悲鳴に混ざって聞こえる枝が折れるような音に、ノーチェたちが息を呑む。

「みんなうごけっ！」

「ッ！　逃げるにゃ！」

精一杯声を張り上げると、ノーチェが叫びながら踵(きびす)を返した。震える脚で転びそうになりながら、先頭を切って走り出す。

「あ、あぁッ！」

「ふぃ、フィリアもいそいで！」

すぐに我を取り戻したスフィがフィリアの手を引いて走り出した。

一番近くの曲がり角へ入ったノーチェの背中を追いかける。

「急ぐにゃ！」

曲がったすぐそこではノーチェが足を止め、ぼくたちを待っていたようだ。手を振り上げて誘導しながら速度を合わせて先頭を走る。

しがみつくぼくを背負ったフィリアが路地に入ったところで、すぐ背後で衝突音がした。

「ふりむくなっ！　げほっ」

声を振り絞って叫ぶと、振り向きかけたフィリアがびくっと肩を震わせた。

「みないほうがいい」

掴まったまま背後を確認すると、壁に真新しい染みが出来上がっていた。

『ゲタゲタゲタゲタ！』

遠くから化物の奇妙な笑い声が聞こえる。それだけで理解した。

わざと当てなかった。わざと見逃した。恐怖に怯える獲物を追いかけるのを楽しんでいる。

底知れない悪意に、背中に氷を突っ込まれたような感覚を覚えた。

完全にB級ホラーのモンスターだ。それもとびっきりたちの悪い。

「いやあぁ！」

「フィリア、おちついて」

悲鳴を上げるフィリアの背中に手を当ててなだめながら、背後に注意を向ける。

恐怖にやられた時は、背中を誰かに擦ってもらえるだけでも勇気が出る。ぼくの保護者だった人に教えてもらったことだった。

とはいえ状況は何も良くなっていない。相手にすぐに捕まえるつもりがないおかげで逃げられているけど、逆に捕まったらどうなるか想像したくもない。

「どうするの!?　このままだと捕まっちゃうよ！」

「どうするって……くそ、どうすればいいにゃ！」

走りながら声を荒らげるふたりに何も言えない。このまま逃げていてもすぐに詰みだってことはわかっていた。

逃げるにしても倒すにしても手段がない。手札がない。

しばらくどうするか言い争いみたいな状態になっている途中で、スフィが不意に足を止めた。

「スフィ？」

「スフィちゃん、走らないと！」

「なんで止まるにゃ！」

悲しそうな、諦めたような顔を見て背中を嫌な予感が駆けあがる。

「……み、みんな、いもうとのことまかせていい？　から、体がよわくて、手のかかる子だけど。頭が良くてやさしい子なの」

「スフィ？　な、なにいってるの」

恐怖で足も声も震えているのに、暗闇の中でも表情が澄んでいるように見えた。心臓が早鐘を打って、つっかえて声が出ない。

「ふ、ふたり、なら、きっと、守ってくれると思う、から」

見覚えがある、覚悟を決めた人間の眼。それに見つめられて、喋ろうとした言葉が喉に張り付いて出てこない。

「おまえ……」

「が、がんばって、がんばるから。三にんで逃げて？　それで、いもうとのこと、アリスのことおねがい。スフィの代わりにまもってあげて」

「スフィ、だめ」

動揺で喉が渇く。ようやく出てきたかすれた声は形にすらならずに霧散する。

「本気にゃのか、おまえ」

「スフィ、ちゃん……」

フィリアに背負われているぼくに近づいてきたスフィが、背伸びしてぼくの額に鼻先をこつんと当ててくる。

「アリス、だいすきだよ……げんきでね」

「ス……フィ！　だめ、なんとか、なんとかするから」

口先じゃ伝わらない、説得できない。人間の強い覚悟はそんな薄っぺらいものじゃ変えられない。

ぼくみたいになんの力もない弱者の言葉なんて意味がない。

――正しい判断をしろ。

記憶の中に埋もれていた、誰かの言葉が頭の中に響く。

ぎこちなく笑っていたスフィがぼくたちに背中を見せた。

……あの化物はぼくたちで遊んでいるんだ。恐怖と絶望で追い詰めて怯える姿を楽しんでる。

きっとすぐには殺さない、スフィの言う通り時間は稼げる。スフィに囮（おとり）になってもらっている間に逃げ出して、助けを呼びに行くのが今ある選択肢の中で一番全員生き残る可能性が高い。

頭に浮かぶ冷静な思考に吐き気を覚えた。

――いいかチビ助、お前さんの仕事は守られることだ、誰を犠牲にしても生き延びることだ。何度も聞かされた、口を酸っぱくして教えられた言葉だった。

――何が起きても冷静に正しい判断をしろ。お前さんならできる。

四人全員が無事に助かる確率は0％。スフィが殺されるまでに助けを連れて戻ってこれる確率は1％だ。だったら1％でも助かる確率を上げるのが〝冷静正しい判断〟だ。

だから、覚悟を決めたスフィに任せてこの場は――。

「フィリア、おおかみ妹連れて逃げるにゃ」

「の、ノーチェちゃんまで!?」

頭の中をめぐる反吐(へど)が出そうな正論を吹き飛ばすように、ノーチェがスフィの横に並んだ。

まちがってる。ひとりでもふたりでも稼げる時間なんて大して変わらない。むしろ獲物が増えたから、余計にひとり分の価値が落ちてしまう。

だから残るならひとりが正解で、それで、それで、それが一番可能性が高くて。だから。

「ノーチェ、どうして？」

「年下のチビひとりだけにカッコつけさせるなんて、かっこわりーことできないにゃ」

「……チビじゃないもん！」

驚いた様子のスフィは憮然(ぶぜん)として言い返して、それから。それから……仕方ないなと言いたげに笑う。記憶の彼方(かなた)に消えた誰かの顔を思い出したような気がした。

胸がぎゅっと締め付けられる。勇気を震わせしっぽを立てる、ふたりの背中があんなに遠い。

「フィリア、あとは頼むにゃ」

「いもうとのこと、おねがいね！」

「……う、うぅ、ぐすっ、なんで、ふたりとも」

「いいにゃ。ダチを囮に逃げ出したら母ちゃんに怒られるにゃ」

「ノーチェかっこつけすぎぃ」

「はんっ！」

通路の先から鼬の顔が覗いた。ニヤニヤと歪むシワクチャの不気味な顔に誰かの悲鳴がこぼれた。

「フィリア！　走るにゃ！」

「はやくいって！」

「う、うぅぅ、ふたりともごめんなさい！」

「やめっ、やめ――」

必死に叫ぼうとしても声が出ない。フィリアがぼくを背負ったままふたりを置いて走り出す。

「まっ、て」

「アリスちゃん！　ちゃんと捕まって！」

背後からノーチェとスフィの雄叫び（おたけ）びが聞こえた。鼬の不快な笑い声もだ。

振り返ろうとしたところでフィリアは一気に加速し、落ちそうになって反射的にしがみつく。

ショックと動揺で意識が落ちそうなのを堪（た）えるのが精一杯で、止まってくれなんて言えなかった。

戦いの声はどんどん遠ざかっていく。

もう二度とスフィともう会えないかもしれない。殺されないっていうのも希望的観測だ、筆舌に尽くしがたい死に方をするかもしれない。

呼吸がしづらい、指先が冷たい。

「ぐすっ、また道が！　ちゃんとつかまって！」

涙まじりのフィリアの叫び。走っている道の右側の壁と床が崩れているのが見えた。落ちないように走る速度が落ちた。左側の壁もちょっと壊れている。

「ヂュゥ！」

「きゃあぁ!?」

突然だった。聞き慣れない鳴き声と共に左側の壁の亀裂から大きな影が飛び出してきた、驚いたフィリアが大きく飛び退いてしまう。

「あっ……」

浮遊感と共に、飛びかかってきた影の正体が巨大なネズミであることに気付く。

あぁそうか。壁にあった汚れはあの化物がネズミをいたぶった痕跡だったのか。

「きゃああああ！」

体が重力に従って落下していく。自由落下に抵抗なんてできるわけもなく、ぼくとフィリアはわずかな光も届かない暗闇の中へと落ちていった。

11. 過日の幻

——国際神秘蒐集機関『パンドラ』。

世界中に存在する化物や異常な力を持つ物品、場所……総称『アンノウン』を回収して封印することを目的とする秘密組織。大昔にある魔術師が乱れた世を正すために作った組織が前身だ。アニメや漫画の設定かってツッコミたくなるような組織だと思う。けれど実在していて、その支部は日本にもあった。

地方都市のベッドタウンを丸ごと使って普通の街に偽装した機密エリア。そこ……日本支部第0セクターがぼくの住んでいた街だ。

物心ついて少しした頃……五歳くらいかな。ぼくはパンドラ機関のエージェントに捕まった。

数ヶ月留守にしていた母親が久しぶりに帰ってきたので、アパートにいられなくなったぼくは飼い犬のクロと一緒に街をふらついていた。

家にいると母親に殴られるし、数日ほど街を放浪することはざらにあった。

ぼくは知らなかったけど、クロがどうやらアンノウンに該当する存在だったみたいで、偶然ぼくたちを見つけた機関の人間にまとめて確保されてしまったのだ。

結果的には行き場がないぼくにとっても、ぼくを疎んでいた母にとっても良かったと思う。

母親はぼくたちが行方不明になってホッとしていたと聞いたし、後になってみればぼくも最終的には安全で快適な住環境を手に入れることができた。

ただし自由はなかった。自分じゃ開けられない部屋に閉じ込められて、会う人間は世話係と護衛係だけ。その人たちも減刑狙いの死刑囚や、表の世界じゃ生きられない傭兵たちばかり。

それだけで、ぼくのいる施設がどんな場所だったのかは理解してもらえると思う。

だけど明日をも知れないその人たちは、明るく毎日を過ごしていた。

アンノウンは命に関わる事故が頻発するほど危険なものが多い。そんなものをたくさん収容している施設に送られるのなんて、当然のように殉職が前提になる。

そのせいか隊長さんはやりたい放題の無茶苦茶をする人で、ぼくを引きつれて収容されているアンノウンの見学に行ったりもしていた。

危険なやつの脱走騒ぎが起きかけたりもしていたけれど、それでも解任されないのは大人の事情とやらがあるらしい。

だからといって無茶はどうかと思うけど……ああいうのを生き急いでいるって言うんだと思う。

■

その日も、ガラス張りの玄関から見える町並みは雨の中だった。

少し前まで良い天気だったと部屋を連れ出されてきたものの、見る外の景色はざあざあ降りだ。

「あーらら、残念だな」

「……うん」

ぼくを連れ出した隊長さんは、隣で残念そうに笑っている。

毎度怒られてもぼくを連れ出す理由はなんだろうと疑問に思うけど、隊長さんの悪戯は実験の一環だったらしい。

自覚はないのだけど、ぼくは『アンノウンを無害化できるアンノウン』という扱いを受けている。

死を招く彫像が殺戮(さつりく)を止めたり。人間をケーキに変える部屋がただテーブルの上にケーキを出すだけになったり。ぼくの近くでは危険なアンノウンの致命性が大きく緩和されるそうだ。

ぼく以外では例がないそうで他アンノウンとの接触は禁止されてるんだけど、隊長さんに連れ出される形で実験データを得ているのだとか。大人っていうのは汚い。

「しゃあね、戻るか」

「部屋でおとなしくゲームをやっていろっていうお達しでは」

ガシガシと頭を撫でられながら、部屋に戻ろうと踵を返す。その直前に見慣れない車が施設の前に止まっているのが見えた。

「……新しい職員さんが来る予定なんてあった?」

「あん？　どっちも予定はねぇな……。こちらウルフ1、玄関口に不審な車両あり、確認を要請。念のためチビ助を連れて安全地帯へ向かう。オーバー」

『ウルフ4ラジャー。オーバー』

コートについた無線で連絡するのを聞きながら大型車両に注目する。

どうやら招かれざるお客さんってやつのようだった。仕事の顔になった隊長さんの先導に従って施設の中を足早に歩く。

「お客さんが来たら部屋に戻される、引きこもりの悲哀ってやつか」

「言葉遊びなんざ百年はええ、ほら急げ」

「レニーが英国紳士（ジョンブル）なら皮肉のひとつ言えて当然って」

「島国でもお前はジャパニーズだろ」

エレベーターの扉を押さえるたいちょーさんの横をすり抜けて、小さな箱の中に乗り込む。振り返ったぼくの目に、パワードスーツみたいなのを着た集団が玄関扉をぶち破る瞬間が映った。

壊れた音と衝撃がここまで伝わってくる。

「無茶しやがるな!?　どこの神秘信奉者（オカルティスト）だ！」

パンドラ機関は超常的な物品や存在の回収と封印が目的。危険なものだけじゃなく便利なアイテムも多いけど、封印できるものはすべて封じてしまうのがスタンスだ。

でも、すごい魔法の道具ならぜひ活用したいって考える人たちだっている。そんな組織は多数あるけれど、総じて神秘信奉者（オカルティスト）って呼ばれていた。

ふたつの組織の意見は相反しているから、今回みたいな小競り合い自体は割と頻繁（ひんぱん）に起きている。今日みたいな襲撃だって数えきれないほどあった。隊長さんたちみたいな護衛係が必要な理由だ。

「くそが！　あいつらここが〝何処（どこ）〟か解ってやってんのか!?」

慌てて乗り込んできた隊長さんが目的地の地下十階を押してから閉ボタンを連打する。迫ってくるパワードスーツ軍団が、閉まる扉の向こうに消えた。

一瞬の間を置いて体を浮遊感が襲う。エレベーターが動き出したらしい。

日本支部第0セクターはちょっと特殊な場所だ。主に日本近辺で発見されたとびっきりやばいアンノウンが送られてくる。

その理由は『ぼくがいるから』。

中には機関が認知しているぼくの能力とやらがあまり通じないやつもあるけれど、大半のアンノウンはぼくのお願いを聞いてくれる。動物系や意思があるものなら〝仲良く〟しようとしてくれることだってある。道具系ならぼくを巻き込むような悪影響を発揮しなくなる。

昔は小枝のように人間の体をへし折って回っていた彫像が『だるまさんが転んだ』をしたがるだけになったり。人間を食べる化物が人肉食を我慢するようになったり。利益はあるけど問答無用で死に繋がる結果を齎していた道具が、かろうじて許容できるデメリットになったり。

アンノウンのような超常の力を欲しがる連中にとって、ぼくの存在はよほど魅力的に映るらしい。

「モテモテだな、チビ助」

「モテ期ってやつ？」

「羨ましいね、まったく」

懐から出した拳銃のセーフティを外しながら、隊長さんが軽口をたたく。大人にはこういう時こそ余裕ぶった態度が必要なんだそうだ。

実際に能力とやらはぼく自身の精神が安定していることが条件のようなので効果はある。隊長さんが余裕ぶってくれると、ぼくも安心できる。

「あいつらにチビ助を振り向かせられるとは思えねぇがな」

前にだけど、脳に外科的に電極を埋め込んで常に平静な状態にすれば安定的に運用できると考えた研究者がいた。

二度と手に入らない検体を失うと反対する周囲を押し切って強行し、ぼくは危うく外科手術をされそうになった。

デリケートな部分を弄るからって、全身麻酔は避けて意識を保ったまま頭を割られるという処置をされそうで、こっちは恐怖でどうにかなりそうなわけだけど。

当時はまだ七~八歳だったし、目の前で手術の準備をはじめられたら恐怖のあまり気を失うのも無理はないと思う。

結果を先に言うなら、第0セクターは手術強行の日に半壊した。

飼い犬のクロをはじめとして、全身雪でできた真っ白な小鳥や、どこにでもいてどこにもいない猫。普段からぼくと交流のあった子たちはもちろん、ぼくの恐怖に呼応した一部の非人間型アンノウンが大暴走した。

ぼくが目を覚ましたのは、たいちょーさんに抱えられたまま暴走するアンノウンたちから逃げ回っている最中だった。

隊長さんに宥められてぼくが落ち着いたから最終的に鎮圧こそされたものの……被害は甚大。

判明している限りで死亡が確認できたのは数十名、行方不明は千人以上。危険物が多い第0セクターでも過去最悪の被害となったそうだ。

騒動の原因でもある責任者含めたスタッフたちは手術室の瓦礫の下から残骸が発見された。暴走が沈静化するまで残骸となった状態で生きていたようだった。

冷たい視線を向けてくる研究者と違って、ぼくに優しく接してくれていた職員の人たちもたくさん死んだ。身元が確認できるような死に方ができた人は幸運だと片付けの人が話していた。

だからぼくは不必要に心を乱せない。迂闊な行動もできない、自分を最優先にするため、正しい判断をしないといけない。たとえ優しく接してくれる人たちに何があったとしても。

「いくぞ、遅れんなよ」

じゃないと呼応したアンノウンたちが暴れてしまうから。

「わかってる」

エレベーターがようやく目的の階に着いた。扉が開いて白い通路が見える。拳銃を構えたまま先に出て、通路を確認するたいちょーさんの後に続く。

ぼくの部屋に辿り着くと、護衛役の人たちがみんな集まっていた。

最初に出会った時から半数近くのメンバーが入れ替わっている。

「ここは死守するぞ」

陣形を組む彼等の横をすり抜けて、聞こえた声に振り返ると銃を構えて前を睨む背中が見えた。

強い既視感と胸のざわめきを覚えたところで……ようやくこれが夢だと気付く。

無意識に手を伸ばした先の視界が、白く歪んで消えていった。

12. 可能性

「……?」

目を開くと周りは真っ暗闇だった。獣人の眼をしても暗くて周囲の状況がつかめないほど深い闇の中で、耳を動かして周囲の音を探る。

身体中が濡れていて寒い。水の流れる音もする。

かなり高いところから落ちた気がするけど、水に落ちて助かったんだろうか。泳げないぼくがその状況で生きていられたのは奇跡だ。

体に痛みはあるけど……普通に動く。指ひとつ動かすにも疲れるのはいつものことだ。

「……フィ、りあ。フィリア」

一緒に落ちたはずのフィリアを呼ぶ。返事は聞こえない、ぼくが生きてるんだから助かってる可能性が高い。生きていてほしい。

体を起こそうとして、濡れた石で手が滑った。ばちゃんと音がして体が水に濡れる。

流れる水が体に当たって体温を奪っていくのがわかった。

「みんな」

どこか曖昧だった記憶が補完されて、堰(せき)を切ったように感情が溢れてきた。

突き動かされるまま、力の入らない手で水面を叩く。

同じようなことは何度もあった。前世では守られなきゃいけない対象だったぼくは、誰かを囮にしてでも生き延びなきゃいけなかった。

顔を覚えて話してくれるようになって、相手のことを知り始めた頃にいつもみんないなくなる。

忘れていたかった思い出も、感情も。夢を見たせいで全部思い出してしまった。

「スフィ、ノーチェ、フィリア」

憧れていた家族も、友達も。あと少しで手が届くと思うと遠ざかっていく。

なんで、なんで、なんで。

転生だの前世だの言っても、知識だけあってもどうにもならない。落ち着いたらみんなの力になりたいなんて思っていたのに、現実は少しも待ってはくれなかった。

ぼくに物語の主人公みたいな力があれば、せめてもう少し自由に動ける体だったなら。

どうして肝心な時に、いつもぼくは何もできないんだ。戦いに行く誰かを残して、自分だけ先に進まなきゃいけないんだ。

力が欲しい、理不尽なんて撥(は)ね退けられる主人公みたいな力が。今だけは切実にそう思う。

再び振り上げた拳を水に叩きつけようとした時、水が跳ねる音が聞こえた。

「フィリ、ア?」

近くにいたのかと振り向いた先。突然水の中に蒼(あお)い光が灯(とも)った。眩(まぶ)しさに一瞬顔をそらしてしまったけど、少しずつ光に目を慣らしていく。

崩れた石畳の上を水が流れ、ちょっとした地底湖のようになっている。地下に入り込んだ雨水がここに集まっているのかもしれない。

深い部分から溢れ出した水が流れてくる場所で、浅瀬のようになっているようだ。

目が慣れたところで光の出どころを探すと、すぐ近くの水底にカンテラのようなものが沈んでいた。吊るすための輪がついた、四面に模様のような格子がついた黒い立方体のフレーム。

その中心で、水の中にも関わらず蒼い炎が揺らめいていた。

「…………」

はじめて見るのに、炎を見ていると何故か胸が温かくなるような懐かしさを覚える。

黒いフレームについた輪っかを掴んで自ら引き上げる。硬い質感は指に伝わるのにまるで紙のように軽い。穏やかな光を放つ蒼い炎は手をかざしても熱くない。

不思議なカンテラが手に入ったというただそれだけなのに、まるで強い味方を得たかのように心が落ち着いている。

……とりあえず、灯りが手に入ったのはありがたい。

カンテラをかざして周囲を調べると、やや離れた位置でフィリアが倒れているのが見えた。

水をかき分けて様子を見る。体に怪我はない、呼吸も脈拍も安定してる。

「フィリア、起きて、大丈夫？　フィリア」

「う……ぁ……わたしたち、落ちて……あれ？　生きてる？」

「痛いところない？」

「う、うん……」

「よかった」

水に落ちた……にしてはちょっと不自然だけど。とにかく無事でよかった。

「ここ、どこ?」

「たぶん亀裂から落ちた、かなり地下」

たぶん地下道の更に地下深く、明らかな人工物だけど何に使われていたんだろうか。そう思いながら顔を上げると、明かりに照らされて見慣れた文字が見えた。

「アリスちゃん、その明かりどうしたの? ……アリスちゃん?」

「これ……」

「え? 変な模様の壁だね……ってそんなことしてる場合じゃないよ、逃げないと! せっかくノーチェちゃんたちが……きゃあ!?」

慌てて起き上がろうとして、濡れた石で滑るフィリアに気を使う余裕もない。

歪んでいてもハッキリ読み取れる壁の文字。

日本語で『第3保管室』、すぐ下に第0セクターの中にあるこの保管室を管理している部門への連絡先と、許可なき立ち入りを禁じるという言葉が書かれている。

ぼくが前世で収容されていた場所。第0セクターの中で暴走する危険性が低い物品型アンノウンを収容しておくための保管庫だ。

「アリスちゃん、アリスちゃんつかまって! 少しでも遠くに逃げないと!」

「………」

慌てるフィリアをじっと見つめて言葉を選ぶ。

「ねぇフィリア」

「ど、どうしたの？」

「もし、あの化物を倒して、みんなで無事に助かる可能性が現実的なレベルで存在してるなら。一緒に命をかけてくれる？」

確認してない以上、どうなるかはわからない。

でも中身が最後に見た記憶のままなら、あの化物を倒せる武器が残っている可能性はある。だけどそれにはフィリアの協力が必要不可欠だ。

何が出るにせよぼくの体じゃ持ち運んで移動なんてできない。

「そ、そんなの、無理だよ！　あの怖いおじさんだって、あんな……あんな」

「お願いフィリア、スフィたちを助けたい」

ひしゃげる形で壁に開いた穴は、ぼくたちのサイズなら通り抜けられそうだ。

「わ、わたしだって、助けたいよ！　ノーチェちゃんだってスフィちゃんだって、死んでほしくない！　お母さまが死んじゃって、みんなにひどいことばかり言われて！　ひとりぼっちなんだって思ってて、せっかく仲良くなれたのに！　うあああああ！」

感情のままに叫んでから、顔を覆って泣きはじめたフィリアの肩を掴む。

「ぼくはこれを知ってる、詳しい説明はできないけど……可能性がある」

「うっ……うっ、ぐすっ。あ、アリスちゃんたちのおじいさんって、錬金術師さんなんだよね？

だから、知ってるの？」

「……そんなところ」

信用のために嘘をついた。前世がどうのなんて信じてもらえるはずもない。

でも今はそれしか手段がなかった。おじいちゃんの家には古代遺跡や文明についての本もあったし、読んだこともあるからまるっきり嘘でもない。

「だからお願い、てつだって」

「……ぐすっ、わかった」

納得したわけじゃないんだろう。それでも立ち上がって、ぼくを支えて一緒に壁の穴に向かってくれる。

「あそこから中に入れそう」

「う、うん」

できるだけ早くスフィたちを助けに戻らないといけない。逸る気持ちを抑えながらフィリアに支えてもらって壁の穴をくぐった。

箱の中に残っているものが、できれば希望であってほしいと願いながら。

13. 灼光（しゃっこう）

保管庫内部をカンテラで照らす。内部は床も壁もひしゃげていてぐちゃぐちゃだった。まるで高所から地面に叩きつけられたように見える。尋常じゃない事態が起きたのは明白だ。外壁とかは核にも耐えるシェルターと同等の耐久度があるって聞いてたけど。一体何が起こってこうなったのか、大型アンノウンでも暴れたんだろうか。

「アリスちゃん……？」

少し遅れてフィリアが入ってきて、目元をこすりながら不安そうに周囲を見回す。

「ここ、なに？」

「……凄く古い遺跡の宝物庫みたいな」

「そうなんだ……こんなところに」

地方にある小さな町の地下にそんなものが眠っているなんて誰も予想してなかったんだろう。誤魔化すような説明でも一旦受け入れてくれた。

「中に武器がけほっ、あるかも。強力なやつをうまくつかえば……」

「う、うん」

かつてのパンドラ機関では、入手した物品型アンノウンは比較的簡単に動かしていた。ぼくは管理リストを見れる立場じゃなかったし、何が保管されていたか把握してない。

使い方と効力を知っているものがあればいいんだけど。

「ぐちゃぐちゃだから、足元気を付けて」

「気を付けるのはアリスちゃんの方だよ……」

確かにと頷きながら、ふらつく体に気合を入れて歩きづらい内部を進む。保管庫は長い廊下に個室が並ぶホテルみたいな造りになっている。

遮蔽物(しゃへいぶつ)がないと他に影響を与えるようなものが多数あるからこういう造りになったらしい。

扉は壊れているので部屋の中を見ることができた。

「アリスちゃん、なにかある?」

「みつからない」

ひとつずつ確認して回るけれど、全部がぐちゃぐちゃになっていて使えそうなものはなかなか見つからない。焦りそうになる心を落ち着けながら、使えそうなものを探していく。

見つけたのは壊れた炭鉱夫のような人形、壊れて柄だけの剣、半月型の黒い布製ポケット、キーホルダーのついた鍵、それから……。

「……あった」

「アリスちゃん、それ何?」

割れたケースの中から飛び出して転がっていた長い銃身の大型ライフル。艶消しの白いボディには蒼いラインが走っている。漫画に出てくるようなデザイン。

ぼくはこの銃を知っている。アメリカ某所に墜落したUFOから回収された装備品のひとつ。地球の技術では解析不能な物質でできた超兵器だ。

専用の弾丸を装填することでビームが撃てる……要するにビームライフルだ。

威力の小さい弾を連射できるマシンガンモード、ノーマルモード、一発で弾丸の全エネルギーを打ち出すフルバーストの三つのモードがあって、何度か試し打ちさせてもらったことがあった。

それなりの数が回収されたみたいで、安全な使用法が確認された後でいろんな支部に配備されていた。日本支部の第0セクターにあったのもそのひとつ。

「武器、かなり強力な」

「……本当？」

フィリアに答えながら落ちている銃を持ち上げる。重いけど……今のぼくでもなんとか持てる。

日本での通称は『ブリューナク』。どこかの神話で太陽神が持っていた光の槍が元らしい。

対アンノウン……つまり化物に対抗するための人類の武器だ、歩兵が持てる武器としては桁外れの威力だ。実験で使われなくなった戦車を複数まとめて貫いたのを見たことがある。

あの化物がどのくらい硬いか知らないけど、戦車の装甲複数より硬いとは流石に思えない。

「アリスちゃん、持てる？」

「……補助が必要かも」

扱うのは大変そうだけど、ぶっつけ本番でぼく以外に使わせるわけにもいかない。

試し撃ちはだめだ、万が一やつに見られたらチャンスはなくなる。

あいつが余裕ぶっているのはぼくたちに対抗手段がないと思っているからだ。ぼくたちが『自分を殺せる武器』を持っていると察したら始末することを優先しかねない。

光の弾丸はたぶんあいつより速い、でも狙いをつけるぼくはあいつよりずっと遅い。油断しているところへの一撃だけが与えられたチャンスだ。

床に転がっている銃弾を拾い集め、フィリアに持ってもらう。

前世で習った使い方を思い出しながら本体のロックを外して弾倉を開き内部を確認。機構におかしな部分や破損はない。

普通の銃なら長期間放置した状態からメンテナンスなしで使うなんて冗談じゃないけど、これならいけそうだ。流石は〝アンノウン〟。

透明な水晶のような銃弾をひとつ受け取り、背部にあるボタンを押す。内部で赤い光が渦巻きはじめるのが見えた。記憶にあるとおりの正常な動作……問題なさそうだ。

装填したあと弾倉を閉じ安全装置を解除する。フオンという音を立て、銃身に蒼いラインが発光しはじめた。

「ちゃんと動くみたい」

「……ほんとうに使えるんだ」

銃身に線状に浮かぶ蒼い光を眺め、フィリアが感嘆するような声を出した。

「フィリアお願い、ぼくを背負って戻って」

後は上に戻らないといけないけど、フィリアに頼らないといけない。

「う、うん……怖いけど、わたしだってみんなのこと心配だから……」

震えながら、拳を握りしめて泣きそうな顔でフィリアは頷いた。無理させちゃうけど、狙える位置まで連れていってくれれば。

銃ごとぼくを抱えたフィリアは思ったよりしっかりした足取りで保管庫を出て、一緒に崖になっている地下道の中を見上げた。

カンテラで照らす限り、上までかなり高い。

「……どうやって登ろう？」

「うーん」

思い出す限り使えそうなアンノウンは保管庫の中にはなかった。悩みながら周囲を見回していると、フィリアの視線がぼくの頭上辺りをさまよっていることに気付いた。

何事かと自分の頭上を見上げると、カンテラに照らされた影が揺らめいている。

……ナニコレ。

「うわ」

「さっきから気になってたけど、アリスちゃん気付いてなかったの？」

「全然気付かなかった」

自分の周囲だから気付かなかった、炎で揺らめく影かと思ったら普通に〝影のようなもの〟が存在しているようだった。

頭で思う通りに影が動く。意識すると自分の体の延長のように魔力が流れていくのがわかった。

四角、三角、平行四辺形、ニッコリマーク……頭で思い描くままに形が作れる。

錬金術に必要なのは錬金陣と呼ばれる術式を刻んだ触媒、それも魔力を流せる素材で作ったものでなくちゃいけない。

思うままに形を作れる影ならそのまま触媒にできるかもしれないし……これなら離れた位置にも錬金術が使えるかも。試してみる価値はありそうだ。

影を操って岩に干渉するための陣を形作り、魔力を流しながら壁面に触れさせる。

錬金術の一種『錬成（フォージング）』。基本にして奥義と呼ばれるこの術は陣を通して魔力を流すことで物体の形状を変化させるものだ。

生体魔力は波長の違う生体魔力と反発しあうので生きているものには使えないけど、ただの岩相手なら……。

「わっ、わっ!?」

壁面を変形させて階段のように迫（せ）り出させると、フィリアが慌てたような声を出した。

強度が不安だけど、子どもふたりならいけるか。

「あ、アリスちゃんこれっ」

「後で説明する。これでいけるはず」

まだ困惑している様子だけど、フィリアは頷くとぼくを背負って作った階段を上がりはじめた。

……スフィ、ノーチェ、無事でいてくれるといいんだけど。

■

数分ほどで落ちてきた場所まで戻ってきた。ここまで耳を澄ませながら来たけど、割と遠くから争うような音が聞こえてくる。

聞こえる声は――ふたりぶん。良かった……まだ生きている。生きてくれていた。

落ちてからどれくらい経っているのかわからない、最悪の事態も覚悟していた。

「フィリア、急いで」

「う、うん……！」

フィリアも聞こえているようで、ぼくを背負ったまま暗い道を走り出す。幸いなことにネズミの妨害はなく音を追いかけることができた。

悲鳴、何かがぶつかる音、自分を奮い立たせるような声、痛みに泣く声。

胸の苦しさがざわつきに変わり血が頭に上っていく。涙がこぼれそうなくらい目頭が熱くなっているのに、幸いなことに思考は冷静なままだった。

「フィリア、降ろして」

「うっ……」

すぅっと息を吸ってフィリアに告げると、足を止めたところで背中から降りる。重い体を気合で動かしながら通路の先に飛び出ると、涙を流すスフィを壁に押し付けている化物の姿が目に入った。

ノーチェはすぐ近くでしっぽを掴まれたまま地に伏せてぐったりとしている。

スフィは苦しそうにもがいていて、化物はシワクチャの顔に歪んだ笑顔を浮かべていた。

「げっ、うぅ、くるし、やめ……」

「ゲゲッ、ゲゲゲッ！」

ミシミシという音がここまで聞こえる。予想通りだ、化物はノーチェたちをすぐに殺す気がなかった。いたぶって楽しんでいるのだ。

ゆっくりと息を吸って、時間をかけて吐き出す。呼吸に気付いた化物がぼくを見た。

大丈夫、やつはこっちには来ない。気付いたスフィが眼を見開いて、泣きそうな顔をした。

「アリスっ！　きちゃだめっ！　あっちいって！　あっちいけぇ！　うぐっ……いだあ……」

「ゲゲゲゲ！　ゲギャギャ！」

ぼくを見ながらスフィに圧を加える化物に視線を向ける時、意図して無表情を作った。しっぽから力を抜いて垂らし、自然体に見せかけて銃を構える。

興味を見せちゃダメだ、ぼくが怒れば、叫べばやつはスフィを痛めつけることが有効だと気付く。

反応するな、心を消せ。無惨に死んでいく人を黙って見送るのは〝前世〟で慣れている。

たいちょーが言っていた。『冷静さは強力な武器だ』って。

目の前でスフィが傷つけられているのに激昂することもできない。自分が嫌で仕方ないこの冷静さも、守るための武器になるならいくらでも使う。

「ゲゲ？」

反応しないぼくを不審そうに見る化物を鼻で笑ってやる。お前なんて少しも怖くないと。

前世では何があっても自分の安全を確保しないといけなかった、そうじゃないとどんな二次被害が起こるかわからないから。

だけど家族や友達を生贄に捧げておいて、何が正しい判断だ。

こっちでは精霊も魔獣も魔術も超常の力が溢れてる。かつてのアンノウンたちには名前がつけられて、この世界に当たり前のように存在している。

だったら、ぼくだって思うままに生きてやる。見捨てて逃げるくらいなら、一緒に戦う。

「……いつまで間抜けヅラさらしてんだよ。とっととかかってこい——遊んでやるよ」

恐怖を無理やり押し込めて、不敵に笑みを浮かべてみせる。頭に思い浮かべるのはたいちょーさん。ぼくの知る中で一番強くて頼れる男だ。

挑発して思考を奪え、自分の都合が良いように相手を誘導しろ。やつは向けられた銃身を警戒していない、こっちが殺せる手段を手に入れたことに気付いていない。

弱い生き物をいたぶるのが大好きな化物が、こんな生意気なクソガキを放置なんてしないだろ。

レバーはフルバーストに入れた、射線には何もない。トリガーを押し込みつつ両腕で持ちあげて照準を合わせる。

集中しろ、集中しろ、集中しろ、初動を見逃すな。

「あっ……」

目論見どおり、やつはスフィとノーチェを放り出してぼくへと体ごと向き直る。指に力を込めると同時に世界がスローモーションで見えた。

スフィがぼくに向かって手を伸ばす、それを覆い隠すようにシワクチャの恐ろしい顔が眼前まで迫ってきていた。瞬きすらしていないのに気付けば目の前だ。

馬鹿げた速さ——だけどこいつはぼくを舐(な)めきっている。

やつがぼくに向かって手を伸ばした。移動の速さの割に緩慢で、ぼくが十分に目で追って認識できるスピードだ。

この一瞬、この一撃だけは確実に当てられる。確信を持って引き金を引いた。

「ゲッ?」

赤い閃光(せんこう)が暗闇を切り裂く。きょとんとした顔をした化物の頭部がぼくの上を通り過ぎていく。ちぎれた腕と下半身の一部が横を飛んでいって、背後で床を転がる音がした。

耳を動かして背後の音を探ってももう動く気配はない。

「ふ、ぇ?」

「——スフィ」

手放した銃が床に転がってからんと音を立てる。また暗闇に慣れてくると、呆然(ぼうぜん)と座り込んでこっちを見ているとスフィと目があった。

ボロボロだけど無事だ。無事だった、生きてまた会えた。

「良かった……」

緊張の糸が切れると同時に急激な眠気が襲ってくる。気合だけで持たせるのも限界みたいだった。

14. 見上げる世界は青と虹

「う、うえ、ふぇぇぇぇん」

泣きじゃくる声が聞こえる。

「アリス、アリス、しっかりして」

呼ばれた気がして目を開けると、スフィが泣きはらしたような顔でぼくを見下ろしていた。カンテラの光が優しく泣き顔を照らし出している。身体中にできた無数の痣が痛々しい。

「スフィ?」

「アリス!」

名前を呼ぶと同時にぎゅっと抱きしめられた。えっと、確か……あぁそっか、安心して気絶しちゃったんだと思い出す。

どうやらまだ地下みたいで、周囲には飛び散った化物の亡骸が転がっているのが見えた。

「なんで……なんで逃げなかったの!」

怒っているような、でも泣きそうな声と表情でスフィが言った。言いたいことはわかる。逃げてほしかったんだと思う。ぼくだってスフィの立場なら同じことを考えていた。

スフィの顔を見返しながら、言葉を選ぶ。

……って、今更体に震えが来た。腰が抜けてるみたいで立ち上がれないや。

「なんで……」

「ぼくだって、やだよ、スフィにひとりでしんでほしくない」

自分のために命をかけてくれる誰かを置いて、ひとりだけで先に進むのなんてもう嫌だ。怒られても嫌がられても、間違いだと言われても一緒にいたい。

「……す、すふぃだって、アリスに……うえっ……」

言葉は泣き声で途切れて、震える腕に力が入る。ろくに言うことをきかない腕を動かして、ぼくもスフィを抱きしめた。

姉の言うことを聞かない、馬鹿な妹にはそれくらいしかできなかったから。

「こわかった……ごわがっだよぉ」

「うん……」

お互い様だ。カンテラの炎がゆっくり消えて、泣き声を包み込むかのように闇が広がっていく。

暗い廊下の中。泣きじゃくる声だけがいくつも重なって響いていた。

■

しばらくして再びカンテラの炎を灯した。

消えた時は燃料切れか何かかと思ったら、意外にも普通に炎が出た。さっきより炎が弱まってる気がするけど何か力を発揮する条件みたいなのがあるのかな。

……取り敢えず普通に使う分には問題なさそうだから良しとしよう。

「スフィ、ノーチェは？」

「生きてるにゃ」

抱き合っているスフィに聞いてみると、本人から返事が来た。

ノーチェは壁に背を預けながらフィリアに介抱されている。見るからに満身創痍だ。

「無事でよかった……」

「おう、殴られるわしっぽ掴まれて振り回されるわ、さんざんだったけどにゃ。というかお前らもボロボロにゃ」

「……言われてみれば」

言われて自分の体を見下ろせば、確かにぼくもボロボロだ。あの高さから落下してこの程度で済んだとも言える。

「というか、さっきの凄いのはなんだにゃ？」

「あ、スフィも気になる！」

「うん、すごかったね……」

「実は……」

スフィたちにぼくとフィリアが穴から落ちてしまい、地下で古代遺跡の宝物庫のようなものを見つけたことを伝えた。

「落ちたって！　ケガしてない？　だいじょうぶなの!?」

「スフィの方がケガひどいでしょ」

だいぶ痛めつけられたみたいで、ぼくなんかよりよっぽどボロボロだ。それと服をめくって確かめないでほしい。

「いつつ……だけどまぁ、助かったにゃ。しょうじき怖かったにゃ」

「ぼくだって、〝友達〟を見捨てたくなんてないからね」

「ふん……」

命の危険を乗り越えたからか、ノーチェも素直になっているみたいだった。

「でも、本当に……ふたりとも、無事でよかった。よかったよぉ……」

感極まった様子で涙するフィリアの肩を、ノーチェがぽんぽんと叩いて慰めている。

「それにしても、ここにあんな化物がいるなんてにゃ」

「地下道に最近崩れた跡があったし、閉じ込められていたのが出てきたのかもね。町に出てたらちょっとの被害じゃ済まなかった」

正直ブリューナクの不意打ち以外で倒せる気がまったくしない。あれだってほんの一瞬でも反応が遅れていれば今頃全員が玩具（おもちゃ）として壊されていただろう。

本当、うまくいって良かった。

「そんでおっさんたちも、やばいやつもいなくなったけど……どうするにゃ？」

「えっと、それは」

「まず拠点に戻って持てるだけの荷物を持って、それから地下の保管庫……宝物庫で使えるものを回収して、町を脱出するのを、すすめる」

ノーチェとフィリアの話に割り込むようにぼくの考えを提案する。

「あいつらが戻ってこないことはそのうち把握される、居場所を探されたらまた辿り着かれる。いまのうちにここを出て、フォーリンゲンへ行きたい。当てはある」

「うん……スフィもそう思う。やな人たちってしつこいもん、ノーチェたちも一緒に行こうよ」

「……はぁ、そうだにゃ。別にこの町に思い入れもないしにゃ」

スフィとノーチェも考えは同じだったようで、程なくして同意を示してくれた。

「あたしとスフィで荷物を回収してくるから、お前らはここで待機にゃ」

「全員で……って言いたいけど、確かに無理」

気が抜けたせいかろくに体が動かない。ばらばらに行動するのは不安だけど、残念ながら現実はうまくはいかないようだった。

■

「お待たせ！」

「痛いけど意外と動けたにゃ」

驚くことにスフィたちはものの数分ほどで荷物をまとめて戻ってきた。見た目は派手にやられていても、化物は骨折をさせない程度に加減していたようだった。

優しさや甘さじゃないのは見つけた時の痛めつけられ方を見ればわかる。時間をかけて少しずつ痛めつけるつもりだったんだろう。背筋に悪寒が走るような邪悪さだ。

「そんでー、次は？」

「地下にある宝物庫から、使えそうなものを回収したい……」

「つかえるの、アリスわかるの？」

「おじいちゃんの蔵書の読書量は、知ってるでしょ」

思い出すと四六時中おじいちゃんの書斎で本を読んでいたっけ。知識だけでいいならそれなりに詳しい。

「そっか、たしかに」

「んじゃさっさと集めて脱出するにゃ！」

ノーチェの号令に合わせてフィリアに背負ってもらい、今度はみんなで保管庫へ向かう。

一度道を作っているおかげか、移動はスムーズだ。

「なんで階段があるにゃ？」

「たかーぃ」

「うぅ……登る時は平気だったけど……」

余裕そうなノーチェとスフィに対して、フィリアは高所が少し苦手みたいだ。おっかなびっくりと階段を降りていき、手伝ってもらいながら保管庫の中から見つけておいた物品型アンノウンをかき集める。

回収するのは布ポケット、鍵、ブリューナクの弾丸。他に持ち運べそうなものは壊れていた。

「……これ、何に使えるのにゃ？」

「水晶はあの武器を使うために必要、ほかは便利アイテム」

無事に回収できた弾丸は八発、使い切ったら補充は利かないので切り札だ。後は……。

「これは収納アイテム」

半月型のポケットをお腹の部分に張り付けて、フィリアに持っていてもらったブリューナクを中に放り込む。長大な銃身がどんどん中へ消えていくと、スフィたちの目が丸く見開かれた。

「消えちゃった」

「どうなってるにゃ？」

「これは不思議ポケット、中が異空間につながっている」

「ほへー、異空間にゃ？」

「だめ」

興味津々といった様子でポケットの中を覗き込もうとしたノーチェを咄嗟に止める。

「なんでにゃ」

「中にやばいのがいる、手を入れると低確率で食われる」

このポケットもぼくが知っているもの、内部が異次元空間になっていてその中にいろんな物を収納できる。取り出したい物を思い浮かべながら手を入れると、中に入っているなら掴むことができる。空間はとても広くて容量は無限に等しい。ただし時間は普通に経過する。

これだけならただの便利な道具だけど、どうやら内部に〝何か〟が潜んでいるようで迂闊に手を入れると噛(か)みちぎられる恐れがある。

何故かぼくは噛まれないから、まともに扱えるのはぼくだけだろう。

「アンノウン……こういう遺物は基本的に非常に危険。迂闊に近づいちゃダメ」

「お、おう……ってそれならお前もあぶにゃいだろ」

「ぼくは何故か知らないけど平気」

なんで平気なのかがわからない点が怖いけど、現実に害がないのでぼくが運用するのが一番安全だ。因みにパンドラ機関では機械製のアームとかを駆使してポケットを利用していた。

「この鍵はなあに?」

「それも空間系だけど、今は使えない」

「そっかー、はい」

スフィの方はすぐに納得してくれたみたいで、手にして眺めていたキーホルダーつきの鍵を渡してくれた。こっちの鍵も知っているけど、必要なものがあるので今は使えない。

他にめぼしいものも見つからず、ぼくたちは程なくして保管庫を後にした。

階段を上がって元の道まで戻って、再び外を目指して歩く。途中で何度か巨大ネズミの襲撃を受けたものの、スフィとノーチェが素手で撃退してしまった。

スフィが低い姿勢から一気に近づいて頭を蹴り上げ、ノーチェが壁を使った三角跳びで蹴りあがって踵(かかと)を額に叩き込む。

「こいつら急に出てきたにゃ」

「あの化物がうろついてたから隠れてたんじゃないかな……」

「つかれてるのにー！」

巨大ネズミが出てきたときにはひやっとしたけど、ふたりからすれば余裕みたいだ。

途中で人だったものの成れの果てを見つけて怯えたりしながらも迷路の中を歩き回り、ぼくたちはようやく見慣れた地下道から町の外に出ることができた。

「ようやく外にゃ！」

「うぅ、ずっと地下にいたみたいだよぉ」

「フィリア、背負うのかわるね！」

「あ、スフィちゃんありがとう」

ここまでずっとぼくを背負いっぱなしだったフィリアに小さくお礼を言って、今度はスフィにおんぶされる。情けないけど、無理しても余計迷惑をかけるだけなのでおとなしく従う。

天気の良い森の道、明るいところで見るとみんなのボロボロっぷりが目に見えてわかる。

「ぷっ、おまえらボロボロだにゃ」

「ノーチェだってひとのこといえないじゃん！」

木漏れ日の中、そんなことを言い合ってスフィとノーチェが笑い合う。何気なく見上げた空は、少し前まで雨ばかりの曇り空が嘘のように晴れわたっていた。

「にゃははは、名誉の負傷にゃ！」

「スフィだってそうだもん！」

ピリついていたふたりも、まるで古くからの友達のように楽しそうに話している。

「……あ、虹」

「お、ほんとだにゃ」

「きれー」

空に浮かぶ虹を見てようやく気付いた。あんなに嫌いだった雨はいつの間にか止んでいた。

「で、フォーリンゲンってどっちにゃ？」

「東だから……あっち？」

「方位磁石（コンパス）ないから、町を目印に東への街道をさがす」

「おー」

……一緒に戦うことができるこの子たちとなら、もう雨を怖がらなくていいかもしれない。

「厄介なやつらに見つかる前に、フォーリンゲン目指して出発にゃ」

「おー！」

「お、おー」

ノーチェの号令に合わせて、みんなで腕をふりあげる。

そんな何気ない一コマを見ていて、ずっと分厚い雲に覆われていたぼくの世界にようやく晴れ間が見えた気がした。

こうしてぼくたちは、青空に浮かぶ虹へと向かって一歩を踏み出した。

二章　みみが西向きゃしっぽは東

1．404アパートメント

普通なら馬車で数日かかる道のりを、ぼくたちはろくな準備もできていない有様で歩いていた。

子どもの足で辺境の町からフォーリンゲンへの徒歩移動は結構な無茶だけど、やるしかない。

「はぁー……体も痛いし損失も痛いにゃ」

「スフィたちのは隠してたからよかったけど、あちこち荒らされちゃってた」

移動中、話にあがったのは拠点で回収できなかった荷物の話。

どうやら襲撃者の後にスラムの人間も来ていたようで、貯蔵していた食料品は全部盗まれていた。

更にはノーチェが使っていたお古のナイフもやられたらしい。

「結構気に入ってたのににゃー」

「どうして人のものかってにもっていくんだろ……」

途中で休んでスフィたちの手当をしながら愚痴を聞く。頑丈な獣人(ライカン)だからこの程度で済んでいるものの、普通なら骨くらい折れていてもおかしくない。

ほんと、あの化物相手によく生きていてくれたよ。

「でもどうしよう、野宿するの？」

ノーチェの手当を終えたフィリアが不安を漏らす。確かにまだ冬ではないといっても、この世界には魔獣と呼ばれる危険生物がいる。

地球でいうところの生物型アンノウンで危険さは折り紙付きだ。流石にあの化物鼬みたいなのはそうそういないだろうけど。

「アリス、だいじょうぶ？」

「それについてはなんとかできるかも」

悩んだ様子のスフィを見ながら、ぼくは背中で浮かぶカンテラを体の前に移動させる。

「あ、そうだ気になってたの！　それなあに？」

「というかあの武器は置いてきたにゃ？」

「落ち着いて、ひとつずつ話す」

気になるのは当然だと思い、休憩がてら別れてからのことを話すことにした。具体的にはカンテラやアンノウンアイテムを手に入れた経緯についてだ。

「それで、このカンテラがあれば錬金術が使えることに気付いた」

「おぉー！」

話の締めに空中で錬金陣を編み上げてみせると、スフィが拍手をしてくれる。ノーチェの方は怪訝そうにしている。

「……錬金術？　お前そんなの使えたにゃ？」

「使える」

「じゃあなんであの時はぼく何もできないの～なんて言ってたにゃ？」

まって、そのふにゃふにゃした口調ってまさかぼくの真似じゃないよな。

そんなふにゃーですぅーみたいな喋り方した覚えはないんだが？

「……錬金術には触媒が必要で、村からは逃げるので精一杯だから持ち出せなかった。今から新しく手に入れるのはとても困難」

身ひとつで自由自在に使えたなら大事な姉に大変な苦労をさせるものか。

錬金術とは魔力と魔術を用いて物質に干渉することで様々な変化を引き起こすもの。初代ギルドマスター『グレゴリウス・ドーマ』が石から黄金を作り出す研究をしていたのが名前の元だ。

基礎技術とされている錬成の発動には、錬金陣と呼ばれる魔術を発動させるための図形を刻んだ魔力伝導率の高いインクや金属などの触媒が必要となる。

人によって手袋とかブレスレットとか形状は様々だけど、高品質なものは総じて高価だ。

質が悪いと魔力が通りづらくてうまく素材に干渉できなかったり、魔力が霧散して消費が増大する。ぼくみたいに魔力が貧弱を極めてる錬金術士にとっては死活問題である。

「こういう道具ひとつ手に入れるのも本来は大変」

試しに錬成の発動に必要な錬金陣を作ってみせると、納得したようにノーチェは頷いた。

「おー、魔術師がつかってる模様みたいなやつにゃ？」

「原理は一緒」

ノーチェが思案するような仕草をする。たぶん魔術の一種である陣術のことを言っているのだろう。魔力で空中に文字を描いたり、魔力の流れやすい特殊なインクで紋様を描いて発動させるもの。

　文字や紋様の形に効果を指定する意味があって、魔力を通すことで世界を構成する元素『エーテル』に働きかけて超常現象を起こすのだ。

　因みに『錬成』は陣術から派生した技術なので、似ているというか原理は同じである。

「そして絶望的だった触媒が入手できた、『錬成（フォージング）』」

　起句を唱えて陣に魔力を流し、手近な適当な石に干渉して犬の形に変形させてみせた。

　魔力を手の代わりにして素材を捏（こ）ねる感覚だろうか。本人から離れるほど精度が落ちるから錬金術の有効射程は体から一メートルが限界と言われてる。

　だけどカンテラの影は体の延長みたいにロスなく魔力を通せる。大幅に射程を伸ばせそうだ。

「おー」

「粘土みたいだにゃ」

「すごい……本当に錬金術師さんだったんだ」

　スフィとノーチェは初見だけど、フィリアはさっき見たでしょ。

「それで、錬金術でテントつくったり、寝床は確保できるにゃ？」

「うんとね、穴を掘るとかー？」

「たぶん、これが役に立つ」

　頭をひねる三人に、お腹のポケットの中から取り出したキーホルダーつきの鍵を見せる。

「にゃんだそれ」

「アクセサリー?」

「希望の鍵」

あの保管庫にあったのは、〝安全な運用法〟が確立されているものばかりだった。お腹に張り付いたポケットも、この鍵もその中のひとつ。

日本では一般的に使われているタイプの鍵で、この鍵で解錠した扉は必ず特定の部屋に繋がるという不思議な鍵。

ぼくが知っているのは、繋がる先は東京のどこかにあるマンションの404号室だってことだけ。住所や建物名まではわからない。

連続して行方不明と変死事件が起きたことでパンドラ機関が目をつけて発見したアンノウン物件だ。様々な実験の結果、この鍵を使った手段以外で滞在すると部屋にいる何者かに攻撃されることがわかった。

適用されるのはオリジナルだけで合鍵もダメなあたりかなり厳しいけど、正規の手段で入居する場合はむしろ守ってもらえることもある。

危険性はあるけど制御可能だから、機動部隊の臨時避難場所として使われていたこともあった。

「これで扉を開けると、どこからでも避難できる場所に入れる」

「おー……」

「やっぱり、それってアーティファクト?」

フィリアの言うアーティファクトとは大昔の時代から発掘される、魔術や科学じゃ説明できない効力を持つ物品のことだ。物品型アンノウンのこっちでの名称って考えている。

「たぶんそう」

一応こっちだと一般に存在が認知されている。おおっぴらに使うのはリスクが大きいけど、うまく使えば旅の間の安全が確保される。

「とりあえず見せるね。っ……ええっと、キーシリンダーの構造は」

鍵を手に、前世の記憶を必死で探りながら鍵穴の形状を思い出す。この鍵を使うにはどうしても対応する鍵穴が必要になる。

錬成で盛り上げた土で型を作り、それを元にシリンダーを組み上げていく。

問題はシリンダーの中なんて見たことがないから構造が本当にわからないこと。一応、過去の実験の中で明らかに鍵として機能していない扉でもつながったケースがあった。

その時は問題なく滞在できたと聞いている。重要なのは『この鍵を使って扉を開ける』、『その扉から出入りする』というプロセスらしい。

というわけで適当な木材で作った枠に薄い扉を張り、できるだけ硬い素材……そこらへんの石でドアノブと鍵穴の形を作って接合する。

出来上がった薄い扉に恐る恐る鍵を差し込んで、ドアノブを掴んで引く。きしむ音を立てて開いたドアの向こうから独特な匂いが流れてきた。

「……成功した」

開いたドアを覗き込むと、見覚えのあるマンションの一室が広がっている。耳を動かしてみても、動く気配は見つからない。

「ほ、ほんとに扉の向こうが部屋になってるにゃ」

「わ、わ、すごい！」

背後から一緒になって覗き込んできたスフィとノーチェの声が妙にひびく。やばい、安堵感のせいで意識が遠のいてきた。

逃走劇と化物鼬との戦いでかなり無理をした反動が今更やってくるとは。

「え、アリス？」

「おい、大丈夫にゃ!?」

「ごめ……げんかい」

体から力が抜けると同時に誰かに受け止められる。そこで完全に意識が落ちた。

■

……誰かがフローリングを歩く音が聞こえる。

重い瞼を開けると白い天井が目に入った。白くて丸い照明は今はついていない。

体の下には弾力があって柔らかいものがある。横に視線を動かすと、どうやらソファーに寝かされているみたいだった。

すぐ近くにある窓のカーテンは半分開いていた。ベランダ越しに星のない夜空と光の灯ったビル群が見える。

沈黙と静寂の中で、車の走行音が遠く響いた。

「…………ん−？」

寝起きなのもあって頭が動かない。確か……えっと、そうだ、『アパートメント404』を使うために扉を急造した後気を失ったんだっけ。

暗い部屋の中で、誰かが動く気配だけを感じる。

「みんなぁ！　アリスちゃん起きたよ！」

暗闇の中でフィリアの声が聞こえた、近くで歩いていたのはフィリアだったらしい。

扉を挟んだ先でばたばたと足音が聞こえて、リビングの扉が開きノーチェとスフィが入ってきた。

「起きたにゃ!?」

「アリス!!」

最初に入ってきたノーチェを押しのけるようにスフィが飛びついてきた。

「ぐえっ」

「あっ、ごめんね！　大丈夫!?」

「うん……どのくらい、ねてた？」

ちゃんと準備や打ち合わせをする前に気を失ってしまった。喉も張り付いてるしどれだけ寝てたのか心配だ。

「さん！　三日もだよ！　すっごくしんぱいしたんだよ!?」

……どうやら三日も寝込んでいたみたいだ。そりゃ心配もされる、むしろよく生きてたな自分。

少し落ち着いたところでぼくがダウンした後の話を聞いた。

当初は悩んだらしいけど、発熱中のぼくを放置できないとスフィが最初に中に入って安全確認。

誰もいないしトラップがないことを調べてから、ちょうど扉が開いていたリビングに侵入。

心地が良いソファの上に寝かせ、交代でぼくの様子を見ながら出入り口を見張っていたそうだ。

幸いなことに人がほとんど寄り付かない場所で扉を作れたので、誰かに見つかることはなかったようだけど……危なかった。

「この……お部屋？　なんかおかしいけど、安全みたいだったから」

「窓の外の景色も変だし、どうなってるにゃここ。何か知ってるにゃ？」

みんなはかなり警戒しているようで、リビング以外は見ていないようだ。……あれ、そういえばリビングの扉って最初に見えた時開いていたっけ？

……ダメだ思い出せない。

「とりあえず、めいわくかけ、た」

「あー……別にいいにゃ、気にすんにゃ」

ぼくがそう言うと、ふたりは一瞬きょとんとした。

数秒ほどの間を置いてノーチェが苦笑いする。よくわからないけど、わけのわからない状況に高ぶっていた気持ちが落ち着いたみたいだ。

「それで、アリスは大丈夫？」

「うん、だいぶマシ」

やっぱり外気を避けて柔らかい寝所で寝れたのが大きかった。おかげで体調も……うーん、だいぶマシになっている気がする。

気軽に動けるほどではないけど、それは元からだ。

あと気になるのは外の状況だ。さっきからちょこちょこ車が走っている音が聞こえてくる。

記憶にある通りならこの部屋は東京のどこかにあるマンションだったはず。ぼくたちがいた場所が地球上とは思えないんだけど、普通に日本に繋がったんだろうか。

玄関から入ってまっすぐ延びる廊下の右手には八畳ほどの洋室。左手にはトイレと洗濯場、それからお風呂。まっすぐ進むと十二畳あるリビングダイニングで、カウンター付きのキッチンがある。リビングの入って正面側はベランダに繋がっていて、右手側には扉がふたつ。ひとつは洋室、ひとつは和室、どちらも七畳くらいだったはず。

これが記憶にある限りの404アパートの間取りだ。

「…………」

……今更だけど、世界間を移動しちゃったなら病原菌とか大丈夫なのかな。

何日もいるぼくが無事だし、現地人とは接触してないだろう。スフィたちも平気そうだし今のところ問題なしと判断するしかないか。

今更ながらちょっと迂闊だったかもしれない。

とはいえ結果オーライだ。旅をするためには安全な拠点が必要だから背に腹は代えられなかった。

問題ないなら使い倒すつもりでいこう。

「ス、フィ」

「なあに？」

「てつ、だって、そこまで」

「うん……？」

お願いしてスフィに背負ってもらって、すぐそこのキッチンへ向かう。

「アリスちゃん大丈夫？」

「そっちも色々あるけど、何か知ってるにゃ？」

ノーチェたちが後をついてくる気配がする。

カウンターの向こうにあるキッチンに辿り着くと、踏み台を移動させてもらい、上に立ってシンクを覗き込む。

震える手を伸ばして蛇口のレバーを上げると、一瞬の間を置いて水が流れ出した。

「おみずでた!?」

「にゃ!?」

「わ、ほんとだ」

……よし、水が使える。一気に希望が出てきた。

流れる水をしばらくながめて、片手ですくう。顔に近づけて匂いを嗅ぎ……舌でぺろりと舐め取る。

カルキ臭はするけど変な味や匂いはしない。いたって普通の都市部の水道水だ。

「ちょっとアリス！　あぶないでしょ⁉」

「すこし、待って。水はこのレバー、うえにあげ、るとでる。さげると、止ま、る。……しばらくして、ぼくが、無事だったらのん、で」

目の前でやり方を実践して見せると、スフィが泣きそうな顔になった。

「なんでそんなあぶないことするの⁉」

「ぼくが、大丈夫なら、みんなも、大丈夫。動けないのは変わりな」

「ダメでしょっ！　あぶないことしないで！」

物凄い勢いで怒られて思わず押し黙ってしまう。知識があって動けないぼくが負担するのが効率的だと思ったんだけど、スフィ的にはお気に召さなかったらしい。

■

しばらくの間怒られて、ようやく落ち着いたところで部屋の説明をすることになった。

といっても内容は簡単だ。この鍵を使って扉を開くと、異世界にあるこの部屋に繋がる。ここでは安全な水や便利な道具があって、安全に過ごせる。

説明することはこのくらいしかない。そもそも世界が違うから合鍵での直接侵入とか窓から入るとかの〝非正規手段〟は取れないので、部屋にいる〝何か〟のご機嫌を損ねる心配もないだろう。

「それにしても、よくそんなアーティファクト知ってたにゃ？」

「スフィもしらなかった！」

「スフィはおじいちゃんの本、ぜんぶは読んでないでしょ」

水を飲んだおかげで少し喋りやすくなった。ソファに寝転びながら談笑していると外で爆音を立ててバイクが走っていった。

獣人の耳だと思ったより大きく聞こえて少しびっくりした。

「……みんなどうしたの？」

気付くと床に座っていたスフィたち三人がひしっと抱き合うように固まっていた。よほどびっくりしたのかしっぽが逆立っている。

「で、でたにゃ、また出たにゃ！」

「あ、アリス、だいじょうぶだよ、おねえちゃんがいるからね！」

プチパニックを起こすノーチェから離れ、スフィが突っ込んできた。

「ごふ」

勢いがつきすぎて肘がぶつかる。肋骨がゴリっと音を立てたけど……良かった折れてない。

抱きしめてくるスフィの震える背中をぽんぽん叩いてなだめる。まったく知識がないなら、外の世界は不気味な異次元だ。怖がるのも無理はない。

……窓から見える景色は以前にライブカメラで見た東京の景色と似ている。一度は自由に出歩いてみたいと願っていた世界が目の前にあるのに、結局行けないままか。

「アリス、おそと気になる？」

「残念ながら出れないにゃ」

「え？」

少しばかりの憧憬を窓に向けていると、ノーチェが気になることを言い出した。

「一回そこの透明な窓開けて、出ようとしたことあるにゃ」

「う、うん、でも手すりから先に見えない壁みたいなのがあってね。変な格好の人たちも、私たちに気付いて ,なかったみたいなの」

「そっか……」

どうやらぼくが動けない間にベランダから外に出ようと試みたことがあったらしい。

しかし見えない壁に阻まれて出ることができず、不思議な現象に不気味さを感じて部屋内部の探索をやめたのだとか。

意外と無謀なことをするなと少し肝が冷える。大丈夫だったからいいものの、獣人の女の子が勝手に部屋に住み着いてるなんて騒ぎになったら大変だ。

パンドラ機関に目をつけられれば面倒なことになる。

そんなことを考えていると、また爆音を鳴らしてバイクが走り抜けていった。

……ああいうの、なんていうんだっけ。珍走団？

迷惑だって話は聞いてたけど、実際に体感すると迷惑極まりないな。

「ひゃああ、また出た！」

「そ、外から中に入ってこれないよにゃ？」

バイクを知らないスフィたちにしてみれば外から聞こえる不気味な爆音。フィリアは頭を抱えてテーブルの下に頭を突っ込むし、ノーチェはしっぽを膨らませたまま固まるし。

「か、怪物がきても、こんどこそおねえちゃんがまもってあげるからね！」

「スフィ、だい、じょうぶ、だからッ」

頼れるお姉ちゃんの抱きしめる力がますます強くなった。あ、肋骨がミシミシいってる。

「あれは、ぐ、この街の乗り物の音。たまにあんな音を鳴らして走るのが、いるの」

「それって、馬車みたいなやつにゃ？」

「大体そんな感じ、だからうるさいけど心配しないでいい」

「……アリス、それほんと？」

「本当」

できるだけ自然体を装って答えると、三人はようやく納得して落ち着いてくれたようだった。

「ねぇ、アリス。それ本当におじいちゃんの本で知ったの？」

だけどスフィだけは誤魔化しきれなかった。

小さい頃から、ずっと傍にいて何もできないぼくを守っていてくれたお姉ちゃん。自分のことを我慢して一生懸命に世話をしてくれていた。

……やっぱり面と向かって嘘は吐けない。

「……本当は違う」

今後のためにも観念したほうがいいのかもしれない。そう思って口を開く。

異質なものとして拒絶されるかもしれないという恐怖はあった。

かなり悩んだけど、正直に話すことにする。いろんな物語で予習したからなんとなく予想がつく、今を逃したら誤魔化すために嘘を重ねてずっとヤキモキすることになる。

生憎とぼくは平然と嘘をつけるメンタルをしていない。嫌いだったりどうでもいい相手ならまだしも、相手は大切な姉と……はじめてできた人間の友だちだ。

自然と話せるタイミング的はきっとここしかない。

「ぼくには、『ぼくがぼくになる前』の記憶がある。その記憶の中で見た」

緊張しながら、ぼくはみんなに向かって口を開いた。

2. 過去から今へ

ぼくは自分の前世を掻い摘んで話した。この部屋が存在する世界で、アーティファクトを蒐集する秘密組織の下にいたという内容だ。

「それって……前世のことを覚えてるってこと？」

「うん」

「前世ってなんにゃ？」

荒唐無稽な話を、フィリアは意外にもすんなりと信じてくれた。

こっちにも輪廻転生のような概念があることは知っていたから、いける可能性はあると思っていたけれど。

「生き物は死んだら〝はじまりの海〟ってところに帰って、それからまた生まれてくるんだよね？本当はそこでまっさらになるんだけど、凄く稀に前の人生のことを忘れずに生まれてきちゃう人がいるって、司祭様から聞いたことある」

「……ノーチェが別の人に生まれ変わった時に、ノーチェだった時のことを覚えてるってこと」

「あぁ、そういうことにゃ。それで色々知ってるし、錬金術なんて使えるんだにゃ」

「いや、錬金術はたぶん素……」

今ある知識や技術を身に付けたのは記憶が戻る前なのでアリスの素の才能だ。自分で言うのもなんだけど、前世の記憶なんてなくてもアリスという少女は錬金術の適性があったんだと思う。

「スフィね、それ知ってるかも」

「……まじで？」

話しながら緊張していると、考え込んでいたスフィが妙なことを言い始めた。

「スフィね、アリスが眠っちゃって起きなかった時に夢で見たの。アリスが四角くて白い部屋で、光る箱の前に座ってなにかしてたの。そのときは男の子だったけど、アリスだってわかった」

思い出すように話し始めた内容は、驚いたことにぼくの記憶と一致していた。光る箱はたぶんパソコンで、部屋の内装も合っていた。

「それでね、アリスが部屋からでるところで目が覚めたの」

「……なるほど」

話を聞く限り、ぼくが前世を思い出したのと同じタイミングでスフィもその記憶を覗き見ていたようだ。姿形が違ってもぼくだとすぐ気付いたのは双子の直感ってやつなんだろうか。

「あれって、アリスのぜんせ？　なの？」

「うん、たぶんそう」

ぼくたちは一卵性双生児。不思議なことに傍にいるとお互いの感情や考えが伝わることがよくある。傍で寝ていたら夢の内容くらいは共有できるのかもしれない。

スフィの話が終わってから、ぼくも補足的に自分の見た夢について話しはじめる。

熱にうなされている時にその夢を見て、その少年の人生を追体験するように〝思い出した〟こと。

少年が保護されていた場所に、この部屋の鍵やあの銃みたいな様々な道具が集められていたこと。

そこで行われていた実験に携わったことで、その道具の効用なんかを知ったこと。

「なるほどにゃ……」

息継ぎと休憩を挟みながら全てを話し終えると、ノーチェは納得したように頷いた。

「ま、そういうこともあるんだにゃ」

拒絶されるんじゃないか、気持ち悪いと言われるんじゃないか。そんな不安を抱いていたけれど、幸いなことに全部聞いた彼女たちからの拒絶反応はなかった。

「というか、お前はその、前世？　アリスと、どっちなのにゃ？」

しかし、当然と言えば当然の疑問は残る。

そのあたりは正直ずっと悩んでいたことだった。アリスって子の人生を奪ってしまったんじゃないかっていう漠然とした疑問はある。

「わからない」

でも、それに明白な答えを出せるものは持っていなかった。

「……ね、アリス。ちっちゃいときのこと、おぼえてる？」

「うん」

探るようなスフィに頷いた。一緒に過ごした日々はちゃんとすべて覚えてる。記憶が蘇った時は衝撃で混乱してたけど、落ち着いた今はその当時の感情や考えまでハッキリと思い出せる。

「川におちたのたすけてあげたのは？」

「……スフィの魔術の巻き添えで落ちたやつだよね？」

昔のことだし、わざとじゃないのはわかってるから別に怒ってるとかはない。ただしその言い方だとぼくがドジみたいなのでちゃんと訂正する。

突っ込まれたスフィはくすっと笑った。どうやら引っ掛けだったらしい。

「うん、スフィが間違えてアリスのこと落としちゃったの」

「スフィが泣いてすごかった」

おじいちゃんに魔術を習っている最中に風の魔術を暴発させて、余波でぼくが転がって川に落ちたのだ。自分のせいでぼくが傷ついたと思ったのか、わんわん泣いて凄かった。

「アリスが死んじゃったらっておもったら、こわくて仕方なかったんだもん」

スフィがぼくの頬に手を当てる。小さくて、でも傷だらけでガサガサの手だ。

「そういうの、ちゃんとおぼえてるんでしょ？　じゃあ、アリスはアリスだよね……？」

視線に懇願するようなものを感じて、頬に当てられた手を取りぎゅっと握りしめた。

「うん、ぼくはアリスだよ」

妹が得体の知れないものになってしまったんじゃないか。そんな不安を抱かせていたのかもしれないと今さらになって気付いた。

それでもスフィはぼくを守るためにずっと頑張って、命までかけてくれた。

自分がどっちかわからないのなら『アリス』でいい。管理番号と通称で呼ばれていた前世に未練はさほどない。

「うん！」

満面の笑みを浮かべるスフィに、ぼくも頷いて返す。

スフィに受け入れてもらえたことに膝から崩れ落ちそうな安堵を感じる。……あぁそっか、スフィに拒絶されるかもしれないってことが一番の不安だったんだ。

自分で自分のことは、案外わからないものらしい。

■

「まぁよくわからんけど、会ったときからそうだったにゃら、あたしが言うことはないにゃ」

「わ、私も。聞いてたらはじめて会った時から、今のアリスちゃんなんでしょ？」

スフィに背後からしがみつかれ、耳を齧られているぼくをノーチェが呆れた顔で見ていた。

「うん」

「でもアリスね、むかしからぜんぜん変わってないよ？」

……言われてみればぼ。記憶にあるアリスの振る舞いと今のぼくの振る舞いに変化がない。それはそれでどうなのかとちょっと悩む。

「正直安心したにゃ、遺跡で別れた時に何かが化けてすり替わったのかと思ったにゃ」

この世界には魔術やあの魔物みたいな化物がいる。不思議な道具だってある、ノーチェは得体の知れないものが化けたのではないかと不安だったらしい。

「せっかく生き残ったのに、妹が化物なんて最悪だろうしにゃ」

何かと思えば、どうもスフィとぼくを心配してくれていたみたいだ。

「ノーチェって優しいよね」

「うん、ノーチェちゃんはやさしいんだよ」

「……ふんっ」

素直な感想にフィリアが笑顔で頷くと、ノーチェが頬を赤く染めてぷいっと横を向いてしまった。

「照れてる～」

「うっせぇにゃ」

ぼくの乱れた毛並みを手ぐしで整えてくれていたスフィが、ここぞとばかりにノーチェを追撃した。キレたノーチェとスフィの追いかけっこがはじまってしまう。

……ここ四階のはずなんだけど、下から苦情来たりしないよね。こちらから外には干渉できないみたいだし音も大丈夫なのかな。大丈夫だといいな。

「よいしょ……」

そんなこんなで一安心したら急に尿意が襲ってきた。よろめきながら立ち上がり、スイッチのある壁際まで向かう。

何日か寝込んでいたおかげか、体力が戻っていてなんとか動ける。

「アリスッ、どこいくの!?」

「おしっこ」

寝ている間はスフィの手から水を飲まされていただけで、トイレは抱えて外に連れていかれ、介助されながらしていたらしい。覚えてないけど。

この部屋は最低限のインフラは通っている。どういう原理なのか料金もかからない……と思う。動けるようになったならそっちの使い方も説明しないと。

背伸びしてライトのスイッチをオンにする。パチッという音とともに電気がついて部屋が照らし出される。白色灯が久々すぎて眩しい。

「ふぎゃ⁉」

「まぶしい⁉」

「あ、ごめん」

咄嗟に手で照明を遮っているふたりに謝って、リビングの扉を開けて廊下に出る。廊下の……玄関から見て左手側にトイレはある。

背伸びしながらノブを掴んで開いて中へ。照明のスイッチを入れて……あれ。

「…………」

ちょっと待て、女の子って洋式トイレどう使うんだこれ。便座にカバーも付いていない、結構新しい目のシャワートイレを前にぼくは固まった。

異世界のトイレなんて原始的なものばかりで、蓋（ふた）をした穴にまたがるようにしゃがんでするのが基本。都会に行けば違うタイプがあるかもしれないけど、これまでの暮らしでは縁がない。

誰かに聞こうにもスフィたちがこのタイプのトイレの使い方なんてわかるはずもない。

いや落ち着け。座るトイレのやり方に男女の違いなんてさほどないはず。

よし。便座カバーを下ろしてから、よじ登ってドア側を向いて座る。

それから……あちこちほつれて千切れそうな、短パンみたいな下着に手にかけて膝まで下ろす。

これで問題ない。無駄に緊張した時間が過ぎて、溜まっていたものが勢いよく流れ出していく。

はぁ、なんか落ち着く。

「アリス、だいじょうぶ？」

ため息を吐いていると、スフィがいきなりドアを開けて顔を覗かせてきた。思わずしっぽがびくっと跳ね上がる。

びっくりした、ちょっとためらいがなさすぎでは。

「ここっておトイレだったの？」

「う、うん。あとで使い方教える。あといきなり開けないで」

いくら姉妹だからってプライベート空間は必要だと思う。ノックすらせずに開けられるとは思わなかった。

「アリス、たまにおトイレで動けなくなってるじゃん」

「……ごめんなさい」

当然の抗議をしたら自業自得な反撃を受けてしまった。確かに家の外にあるトイレで力尽きて家に戻れなくなるとかは前にもあったっけ。

でもね、次からノックくらいはお願いしてもいいですか。

3．束の間のリフレッシュ

それから、部屋の機能を一通り教えることになった。電気のつけ消し、備え付けられた家電の使用法。トイレやキッチンの使い方。

幸いなことにパンドラ機関のエージェントが仮拠点として使用していた名残か、最低限の生活に必要な家電は揃っていた。

キッチンは炊飯器と電子レンジ、冷蔵庫にホームベーカリー。鍋や包丁なんかの調理道具と食器も一式ある。

すぐにでも生活をはじめられそうな充実具合に内心で感謝を送る。

そして、何よりも重要な設備もちゃんと機能している。

「お風呂！」

場所は浴室、動けるようになってすぐに手伝ってもらいながら準備をした。

湯気立つ浴槽の中にはたっぷりのお湯、燃料もそこそこ貴重なこの世界では富裕層だけが持つ贅沢品だ。

前までは気にしてなかったけど、記憶が戻ってからは入りたくて仕方がないのを我慢していた。

まさかこんなタイミングで入れるなんて、ちょっと感動。

「アリスだいじょうぶ？　寒い？」

「ちがう、喜びに打ち震えている」

こんなのでも元日本人だ、お風呂と和食に慣れた体にこっちの暮らしは結構きつい。

手に入らないなら諦めもつくけれど、目の前にあるなら喜びを抱くのは当然だと思う。

「念願のお風呂に入れる」

「お湯で体を洗うの？」

「こんなに水いっぱい必要にゃ？」

「ほんとにお風呂がついているんだ……」

どうやらお風呂が何か知っているのはフィリアだけのようだった。

確かにぼくたちが育ったラウド王国は平野部が多くて雨が少なく、あまり水の豊富ではない土地だ。お湯を潤沢に使って体を洗う文化なんてなかった。

「きれいにできるね！」

怪訝そうなノーチェを押しのけて、飲み込みの早いスフィの目が輝かせた。スフィもこまめに体を拭くくらいにはきれい好きなのだ。

「そういうわけで、はいろ」

「うん！」

これまでの行程で、ただでさえ襤褸みたいな服が更にボロボロになっている。もういいかと乱暴に脱ぎ捨て、適当な籠に投げ込んだ。

幸いなことに替えのＴシャツやタオルなんかの備品は十分に用意されている。

「あ、まって！　急に動くとあぶないよ！」

「アリスちゃん、スフィちゃんまって！　わたしも！」

我先にと動いてシャワーノズルを手に取ったぼくに続いて、スフィとフィリアも動き出す。

ここにいるのは全員子どもで肉体の性別も同じだ、変に恥ずかしがる必要もない。

「って、ノーチェは？」

ひとりだけ渋い顔で距離を取っていたノーチェに、全員の視線が集まる。

「あたしは水浴び苦手にゃ」

不機嫌そうにしっぽをうねらせる。ぼくとフィリアが顔を見合わせている間に、スフィが素早く動いてノーチェの手を掴んだ。

「ちょっ！」

「だめ！　きたない！」

「汚くないにゃ！」

「いや汚いと思う」

少し前に雨で体を洗い流した程度で、今は化物鼬との戦いの後だ。何故かは言わないけど全員ちょっとどころじゃなく汚れてる。特に下着。

「ノーチェもはいろ！」

「引っ張るにゃ！　ちょっと」

「あははは」

シャワーのレバーを動かし、引っ張り込まれたノーチェに向けてノズルを向ける。悲鳴と笑い声が浴室に響いた。

■

髪の毛を洗いながらシャワーや石鹸の使い方を教えて、シャンプーの泡立たなさや流れ落ちる水の色にどんびきしたりしながら体を綺麗にした。

みんなでちゃんと体を洗い終わってから、揃って湯船の中に体を沈める。

「はぁー……」

「あったかい」

「けど」

「狭いにゃ」

浴槽は大人ひとりが余裕を持って入れるサイズ、とはいえ子ども四人が入ると流石にギュウギュウ詰めになって肩がぶつかる。……それがちょっと楽しいのは否定できない。

前世ではずっとひとりだったし、人間の友達なんてできなかったから。

「……スフィ、ノーチェ、ごめんね」

縁に顎を乗せながら、ぽつりと謝罪の言葉が口からこぼれ落ちた。

洗っている最中に見えた痣は、お湯の中で体温があがったせいでより痛々しく見える。どれだけ痛くて怖かったのか、想像もつかない。

「ん？　あぁ、これか？　気にすんにゃ。あたしが自分の意志でやったことにゃ」

「もう痛くないから心配しないで！」

「そうそう、何より名誉の負傷ってやつにゃ！」

痛くないは流石に嘘だってわかる、数日経ったとはいえ痕がくっきり残っているんだ。それを指摘するほど野暮じゃない。

「……ありがとう、生きていてくれてよかった」

「ううん、アリスこそ……たすけにきてくれて、ありがとね」

「にゃはは」

体を寄せてきたスフィが鼻の先同士をくっつけてくる。くすぐったさに肩をすくめた。

こうやって一緒にのんびりすることができて、本当に良かった。

いまはただ、この平和を噛み締めていたかった。

4．交易都市フォーリンゲン

　404アパートは思った以上に旅に貢献してくれた。条件があるとはいえ快適に休める拠点が確保できるというのは大きい。

　人目を避けるように移動しなければいけないし、ぼくの体力問題もあって頻繁に休憩を挟むことになった。それでも歩き続けて約七日。

　ようやく交易都市の外壁が見えてきた。

　大門に続く街道には無数の馬車の姿がある。馬以外の生き物、いわゆる魔獣が引いている車体もあった。馬車の作りも乗っている人の髪色や顔立ちも違うので外国の旅人なのかもしれない。

　日本風の部屋で過ごしていたから余計に異世界を感じる。

「おぉー……結構並んでるにゃ」

「歩きのほうに並ぼっか」

　少し感動しているぼくの横で、ノーチェとフィリアは自然体のまま街へ近づいていく。

　四人揃って格好はグレーのTシャツ、404アパートの備品だ。大人用の肌着だからオーバーサイズすぎてワンピースみたいになっている。

　シャツ一枚で大丈夫かと思ったけど、少し前に着ていた穴だらけの襤褸よりは良い。

「アリス、どうする？」

「とりあえず門まで行こうか」

あえて土で髪の毛を汚して灰色っぽくしたスフィに背負ってもらい、門へ向かう。銀髪は隠すようにとおじいちゃんからも言われていたし、フィリアからもそれとなく助言された。

今までは身なりどころじゃなかったから気にしなかったけど、街に行くなら確かに必要な措置だ。

街道にいる人たちは白い肌で髪と瞳はブラウンの人種が最も多い。典型的な西方人の特徴だ。東方人は同じ白色人種だけど、西と比べて髪と瞳の色素が薄いらしい。

「それで、門から入るには金がかかるにゃ。何か手はあるにゃ？」

「うん」

最初は道中で何か物を作って、門前で売ればいいと考えた。だけど冷静に考えると、それを実行するための能力をぼくが保有していないことに気付いたのだ。

それすなわち、交渉能力。

前世は保護職員という名の人身御供(ひとみごくう)に対して要求を出すだけ。今生はスフィという頼りになるお姉ちゃんに世話をしてもらうだけ。

おじいちゃんも優しかったし、貧しいクソ田舎での育ちにも関わらず甘やかされて育った。

ぼくには他人と話をうまくすり合わせる能力が欠如している。

……戦術行動とか暗殺者や誘拐犯の捌(さば)き方とか、怪異や化物への対処法とかはそれなりに自信があるんだけどなぁ。

「……これをつかう」

「にゃんだそれ」

「⁉」

そんなことを考えながら、お腹に張り付けたポケットから丸い銅製のバッジを取り出して見せる。

表面には三枚の羽が生えたフラスコが、裏面にはぼくの名前が彫られている。

ノーチェはピンときていないようだけど、フィリアは覗き込むなり目を見開いて絶句した。

これは錬金術師ギルドに正式に所属している錬金術師だけが持てる、自分の位階を示す階級章。

つまりぼくが正規の錬金術師であることを示す身分証でもあった。

「一年くらい前、おじいちゃんと一度だけこの街にきた。錬金術師になる試験を受けるために」

おかげでこの街の錬金術師ギルドの人には多少なり面識がある。入門税の肩代わりくらいはしてもらえるはずだ。

「とりあえず挑んでみる。スフィいこう？」

「うん！」

スフィに頼んで一緒に列に並び、順番を待つ。あからさまに顔をしかめる人、舌打ちをして距離を取ろうとする人がちらほらと現れる。

……やっぱりというか、獣人は歓迎されない雰囲気のようだ。

極力気にしないようにしながら、雑談をして順番を待つ。順番が回ってきたのは小一時間ほどしてからだ。馬車の待機列と違って徒歩組の待ち時間は短い。

「次、目的と……身元を保証できる人間はいるか？」

担当する門番のおじさんは獣人に強い偏見はないのか、声から蔑(さげす)みや敵意なんかの悪感情は感じない。運良く第一段階はクリアできたみたいだ。

「えっと……」

「目的は旅中滞在、保証人は錬金術師ギルドにお願いする予定」

端的に告げた言葉を聞いて、門番は怪訝そうな顔をした。錬金術師ギルドは国際的に強い影響力を持つ組織だ、獣人の子どもが伝手(つて)を口にしたところで素直に信じることはできないんだろう。

「げほ、養ってくれていたおじいちゃんが錬金術師だった。何かあれば頼れって」

なので少しだけ嘘を混ぜる。おじいちゃんのことを口にしながら錬金術士のバッジを見せれば、門番は納得したように頷いた。

「あぁ……そうか、苦労したんだな」

このバッジは紛れもなくぼくのものだけど、話題に出したおじいちゃんのものだと思い込んだ。養い親の身に何かあって、子どもだけでボロボロになりながらここまで来たっていうストーリーが門番のおじさんの中で出来上がっているのが手に取るようにわかる。

概(おおむ)ね事実なんだけども。

「入場税は払えるか？　ひとり大銅貨一枚だが……」

「……ない」

「だよな」

素直に答えると、門番はうーんと悩むように顔をしかめて顎の無精髭を指でこすりはじめた。

「うーん……仕方ない。立て替えてやるから街を出る時に返しに来い。約束できるか？」

「うん」

「約束する！」

「するにゃ」

「は、はいっ！」

ぼくとスフィだけじゃなく、後ろにいたノーチェとフィリアも追従するように声を上げた。おじさんは一瞬きょとんとした後、大口を開けて笑った。

「そうか、いい返事だ。……自分で言うのもなんだがお嬢ちゃんたちは運が良い。ようこそラウド王国の陸の港、フォーリンゲンへ！」

そう言うと、大きな体でぼくたちを隠すようにしながら門を通してくれた。

通り過ぎる前、受け取った分をわざと少なく計上してすっとぼけたと揉めてる声が聞こえた。

視線を他に向ければ、他にも旅人の女性に難癖をつけて身体検査を強要しようとしてるニタニタした顔の門番も。

……確かに一度でおじさんを引けたぼくたちは運が良かったみたいだ。

5. もふもふの錬金術師

大通りを歩いているとき、向けられるのはきつい視線ばかりだった。

前に来た時はここまでじゃなかったのに、今は保護者がいないせいだろうか。

「半獣がなんで道を堂々と歩いてるんだ……」

「チッ」

通行人の舌打ちにスフィたちの機嫌が急降下していくのを感じる。この街にもあまり長居はしない方がいいかもしれない。

馬車が通り過ぎた後、その場に残った落とし物を木のスコップで掃除している人が目立つ。

こっちの世界で馬車が主な移動手段のせいか道の端にある側溝が馬糞まみれになっている。

粗末な布製の服を着ている中年ほどの男性だ。あまり裕福でないことは見てわかった。人用のトイレだけは用意されているのが唯一の救いか。

正直言って衛生環境は村にいた頃と大差ない、去年来た時は特に何も感じなかった。

だけど今回は前世の記憶を持っての再エントリーだ。目に映る景色も、感じる空気も全然違う。

何が言いたいかって言うと……。

「くしゃい……」

「……そう？」

獣人の鋭敏な嗅覚が、街を歩く人の汗や、馬の〝落とし物〟の匂いを残さず拾い上げる。日本式お風呂という清潔の贅沢を知っていればかなり酷な環境だ。

くんくんと鼻を鳴らすスフィが不快感を感じないのは慣れのせいだろう。

前世で保護されていた施設は見事なまでの閉鎖空間だったけど、その分清潔は徹底されていた。

稀に出歩くことが許されていた外側の町だって同じだ。

とどのつまり、前世の記憶が蘇った代償として不潔への耐性を失ってしまっていた。

異世界ならもうちょっとファンタジーな力で街の清潔さを保っていてほしい、切実に。

「ほら、見えてきたよ、がんばって」

「うん……」

口元を押さえながらなんとか耐えていると、スフィが立ち止まった。

顔を上げると目の前には赤い屋根の洋館がある。見覚えのある佇まいで、扉の上には翼の生えたフラスコが描かれた看板が掲げられている。

出入りするのはねずみ色のコートを纏い、胸に看板と同じ意匠の銅色のバッジを着けた男の人たち。空気に混じってほのかに薬品や金属の匂いがする。

記憶にあるままの錬金術師ギルド、フォーリンゲン支部だ。

「なかに……」

「はいはい」

扉を開けると、取り付けられたベルがカランコロンと軽快な音を鳴らした。

受付フロアは広く、正面カウンターには制服を着た受付が並んでいる。右手側には事務室と面談室、左手側には素材の買取所がある。

二階には確か支部長室と会議室と図書室があるんだっけ……全部ちゃんと覚えてる。

受付を見回して記憶にある顔を探す。見たことのある受付の女性と目があった。

「あの人の、ところ」

気付いてくれた受付嬢がいるカウンターの前にスフィが並ぶ。

「えっと、確かあなたたちは以前に……本日はどうされましたか？」

「シグルーン支部長に、面会を」

彼女は確か……去年来た時に対応してくれた受付の人だ。ぼくたちがおじいちゃんと一緒に来たことも覚えているようだった。

「面会のお約束は……」

「してない」

「そうですよね……。少々お待ちいただけますか？」

「うん」

受付嬢はちょっと困った顔をした後、しばらく待つように言って奥の事務室へ向かった。

「う……」

「アリス、だいじょうぶ？」

背負われているだけなのに匂いでだいぶ体力を削られた。待つのも辛くて今すぐ休みたい。

「先に休めるところを探したほうがよくにゃいか？」

「おかねないし」

宿が取れるならそうしたいけど、生憎と先立つ物がまったくない。404アパートを設置するにも街中だと目立つし、あれには扉が壊れると中身ごと外に放り出されてしまうデメリットがある。

「いやほら、どっかの軒下とかでにゃ」

ノーチェは発想がストリートチルドレン過ぎる。

「……女の子がそんなことしてはいけませんよ？　危ないです」

そんな会話をしていると、思ったよりもずっと早く受付嬢が戻ってきた。女性だけに女の子四人が路上宿泊をするのは看過できないんだろう。

「残念なことですが、この街では獣人の扱いが良くないですから」

彼女はブロンドの髪にヘーゼル色の瞳をしている。大陸東方人のようで、獣人に対する嫌悪は少ないみたいだった。

「そうにゃのか……」

「はい……そちらはアリス様でいらっしゃいますよね？　フィリップ支部長補佐がお会いになりたいと言っておりますが、如何（いかが）しますか？」

「会う」

良かった、知ってる人の名前が出てきた。ぼくの試験の時に立ち会っていた錬金術士のひとり。優しそうな人だったのを覚えている。

「うん、スフィおねがい」

「はいはい」

受付嬢に案内されて、ぼくたちはカウンターの右手にある扉へ入っていった。

関係者立ち入り禁止の廊下を進んだ先には面談室がある。先導する受付嬢が扉をノックすると、穏やかな男性の声が入室を促した。

扉が開かれて中に入ると、ソファに座った身なりの良い糸目の中年男性が待っていた。

「アリスさん、いえアリス錬師。一年ぶりだね。無事で何よりだ……さぁソファにどうぞ」

「フィリップ錬師、ご無沙汰してます」

あっちもぼくのことを覚えてくれていたみたいで、立ち上がってぼくたちに着席を促す。

お言葉に甘えてふかふかのソファに降ろしてもらうと一気に体から力が抜けた。

面談室は落ち着いた綺麗な内装で紙とインクの匂いが満ちている。変な匂いはしない。

「……錬師ってなんにゃ？？」

「錬金術士につけられる敬称、最上級のひとは導師、その中で特に年配の人は老師って呼ばれる」

「ほー」

適切な対応日本語がないのでぼくの中では錬師と翻訳している。正確にはドクターとかプロフェッサーみたいなノリだ。

「ハウマス老師のことは残念だった、ご冥福をお祈りする」

「どうも……耳が早い」

おじいちゃんが亡くなってからまだ二ヶ月も経っていないのに随分と情報が早いなと身構える。

「老師の遺産らしきものが隣町で売り払われていたという報告があって知ったんだ。急いで君たちのことも探したんだが入れ違いだったようでね……本当に無事で良かった」

フィリップ錬師は苦笑しながら補足すると、小さくため息を吐いた。

ぼくたちが逃避行の末にノーチェたちと過ごしている間、行方を探してくれてはいたらしい。

「…………」

スフィは隣に座って表情を固め、ぎゅっと拳を握りしめていた。固く閉じられた拳の上にそっと手のひらを重ねると力が抜けた。指先を絡めるようにして手を握り合う。

……盗まれたおじいちゃんの遺産は、やっぱり売り払われていたか。

「ああ……君たちの慰めになるかわからないけど、素材を持ち込んだ人たちは逮捕されたよ」

「おじいちゃんの大事なものぬすんだひとたち、捕まったの!?」

慰めるように告げられたフィリップ錬師の言葉にスフィが反応する。理由の想像はつく。『おじいちゃんの素材を盗んだから』じゃないだろうな。

「これなしで売買すると〝ひっかかる〟ものがいっぱいあったから?」

皮肉っぽく言ってから、空いている手で持っていたバッジをひけらかす。

「正解だ、いつだって無知は悲劇を生む……今回に限っては喜劇に繋がったようだがね」

フィリップ錬師は苦笑を浮かべながら言葉を選んでいるようだった。

おじいちゃんは村で薬師の真似事もしていた。扱う素材の中には普通に扱うと危険な薬品やその原料になる物も含まれている物がある。

危険性を鑑みて、大体の国は光神教会所属の医師や、錬金術師しか取り扱ってはいけない薬品や素材を法で定めているのだ。

麻酔やその原料を一般人が売ろうとするようなものと考えればわかりやすいだろうか、資格もなく売却しようとすれば当然のように捕まる。

「アリス、しってたの？」

「めんどくさいことにはなるだろうなって」

こんなに早く捕まるとは思わなかったけど、いずれ報いは受けるだろうと考えていた。

「売買の際に抵抗して店で暴れたようでね、かなり重い処罰になるそうだ」

「それはなにより」

因果応報、多少は溜飲（りゅういん）が下がる。こっちは奪われた上に奴隷として売られそうになったせいで、しなくていい苦労をするはめになったのだから。

良かったことなんてノーチェとフィリアに出会えたことくらいだ。

「何はともあれ、無事にこの街に辿り着いてくれて良かったよ。世話になった老師の遺児を見放すなんて人道に悖（もと）る、何よりアリス錬師を失うなど錬金術士ギルドの損失は計り知れない」

妙に褒められて少し気恥ずかしい、言いすぎじゃないの。

「……こいつってそんなに凄いにゃ？」

「あぁ、凄いよ。なにせアリス錬師はラウド王国が誇る第九階梯『メイガス・マグナ』、ワーゼル・ハウマス老師の最後の直弟子にして、第一階梯『ジェレーター』の最年少認定者なのだからね」

ノーチェの疑問に答えるフィリップ錬師の言葉に、何故かスフィが自慢げに胸を張った。

「獣人に偏見のない娘たちからは、〝もふもふの錬金術師〟なんて呼ばれていたよ」

そんなスフィを見て、フィリップ錬師は悪戯っぽく笑って付け足した。

……いや、なにその間抜けな二つ名。

MoFu
MoFu

6. 錬金術師の証(あかし)

錬金術士ギルドでは、所属員に対して第零階梯から第十階梯というランクをつけている。

第零階梯『ニオファイト』はただの見習い構成員で、錬金術士ではない。

第一階梯『ジェレーター』からようやく正式な錬金術士としてバッジが貰(もら)える。

そこから第二階梯『セオリカ』、第三階梯『プラクティカ』、第四階梯『フィロソファ』と上がっていく。因みにぼくが第三階梯で、フィリップ錬師は第四階梯。

バッジも階梯に応じてフラスコの羽の数が増えて素材が銅から金にランクアップする形式だ。

第九階梯『メイガス・マグナ』は錬金術士の最高峰である第十階梯『アルス・マグナ』の候補者とされる人が認定される階級。

第十階梯は歴史に残されるべき前人未到の偉大な研究と功績を残した錬金術士のことで、現役では三人しかいない。

階梯名は黄金錬成(アルス・マグナ)という夢を成し遂げた初代ギルドマスターにあやかってつけられたそうだ。

階梯とかそれにつけられた名称とかから地球にいた魔術集団的なサムシングを感じるけど、気のせいだと思いたい。

因みに魔術師ギルドでは同じように一部の名称が共通する階梯制で、冒険者ギルドはアルファベット方式だ。

今では三大国際ギルドと数えられているこれらは、初代が冬の時代のゼルギア大陸を共に旅をした仲間だったそうだ。おかげで今でも相互協力関係にある。

……なんか地球から来た何かが関わっていそうな名称が多いけど、まさかね。

■

おかしな二つ名はさておいて、ぼくは収入を得るために仕事が欲しいと頼み込んだ。

「仕事をしたい？　腕の良い錬金術士は歓迎だよ！」

すると、もう怖いくらいにフィリップさんの糸目が開いて輝きはじめる。あまりの圧の強さにちょっと怯えてしまい、反応したスフィが「うるる」とフィリップ錬師に向かって喉を鳴らしはじめた。

「おっと失礼。こほん、正直なところ人手が足りていないんだ。ありがたい」

警戒を向けられたことに気付いたのか、フィリップ錬師は慌てて居住まいを正す。

「何かあったの……？」

「ふむ……」

旅費のために仕事が欲しいとお願いしたのはこっちだけど、あまりの食いつきに慎重にならざるを得なくなってしまった。

試験の時にぼくの得意分野が魔道具学と薬学なのは伝わっている。そのあたりが欲しがられる状況は……あまり良い予感がしないんだけどな。

「決して言いふらさないでほしいのだが……実は最近この街で奇妙な事件が起きていてね」

「……事件？」

聞こえてくる物騒な言葉に首を傾げる。

「住民……特に身元の不確かな者たちが行方不明になっているんだ。更には街にある地下道でおかしな魔獣に襲われたという話もあってね。治療薬や簡易魔道具の需要が増えているんだ」

「……なるほど」

こっちの世界には高速で傷を治癒する魔術や魔法の薬みたいなものが普通にある。治癒魔術に関しては使える人材が貴重で、大半を光神教会が抱えてる上に寄付金が高いので簡単には頼れない。なので一般的には錬金術師ギルドが製造販売するポーションが主力だ。

漫画みたいに一瞬で治るってほどではないけど、多少の切り傷や打ち身くらいはすぐに治る。

簡易魔道具は魔力を流して起動するだけで誰でも設定された魔術を使える道具だ。普通の魔道具と比べるとかなり安価だけど、その代わりに使い捨てになる。

「君たちも滞在するなら十分に気を付けてほしい。宿はもう決まっているかな？」

「そもそもお金がない……」

「あぁ……それで仕事を求めたんだね。わかった、少し待っていてほしい」

短く言うとフィリップ錬師は足早に部屋を出ていってしまった。

「……はぁ、緊張しちゃった。偉い錬金術士様といきなりだもん」

面談室に取り残されたところで、緊張していたらしいフィリアが盛大にため息を吐いた。

「あたしもなんか口挟めなかったにゃ……というかお前、呪符なんて作れたんだにゃ」

「一応ね」

魔力を流すことで特定の魔術を発動させる呪符は割と一般的に普及してる魔道具だ。決して安価なものではないけど、切り札にしてる冒険者も多いと聞いた。

魔道具作りで最初に習うようなアイテムなので、ぼくも作れる。

呪符か……。

「…………」

「……くぅん」

「いや、なんでふたり揃って落ち込んだにゃ？」

「すまない、立ち聞きするつもりはなかったんだが……持ち込み物に大量の呪符があったのも関係があるのかな？」

大きめの箱を抱えて戻ってきたフィリップ錬師が会話に入ってくる。関係は大有りだ。

「おじいちゃんがしてくれた〝旅の準備〟も盗られたから」

「いっぱい用意してくれてたのに……ぜんぶ盗られちゃった」

「そうか……ひどい話もあったものだね」

憤りを押し殺すようにため息を吐いた。

落ち着いたのを見計らって、フィリップ錬師が手にしていた箱をテーブルの上に載せる。

「ふむ、君たちの予定を聞いてもいいかな？」

「……ぼくとスフィは、旅費を稼いで準備をしたらアルヴェリアを目指そうと思ってる」

「うん、おじいちゃんがね、アルヴェリアに行きなさいっていってたから」

話題の転換に気付きながら乗っかると、フィリップ錬師は静かに頷いた。なし崩し的に一緒に来たけど、ノーチェたちはどうするんだろう。後でちゃんと話をしないといけない。

「では、せめてもの仁義として旅の準備が終わるまでは責任を持って世話をしよう。宿についてもこちらで紹介させてほしい。恥ずかしい話だがこの街は獣人に優しくはないからね」

なんか世話を焼いてくれる人みんなに言われるなそれ。流石に身の危険を感じてきた。

「……ありがたいけど、どうしてそこまで？」

フィリップ錬師はおじいちゃんのことを知っているみたいだ。それはわかったけど、どうしてそこまでしてくれるのかがわからなくて思わず尋ねてしまう。

微妙に不安を煽(あお)られていたせいもあって、無償の善意はなんだか不安になる。

「はは、若い頃にハウマス老師には随分と世話になってね。私が錬金術士になる切っ掛けを与えてくれた恩人でもあるんだ。直接の恩返しはできなかったが、せめて君たちの面倒くらいは見させてほしい。もう少し獣人が安心できる街だったならば成人するまでと言えるんだが……そこはね」

ぼくたちの知っているおじいちゃん……『ワーゼル・ハウマス』老師は、髭が長くて髪の毛が白い、まさしく魔法使いといった風体のおじいさんだ。

そうか、おじいさんにはおじさんだった頃も、お兄さんだった頃もあるんだ。

当たり前のことなのに、今のおじいちゃんのことしか頭に入っていなかった。

「さて、とりあえずはこれを」

話に区切りがついたあたりでフィリップ錬師はテーブルの上の紙箱を開けてみせた。

中にはまた小さな木箱と、たたまれた黒い布……袖があるのでコートかな？

「こっちは試験を受けた時に作っておいた錬金術士のコートだ、バッジと合わせて錬金術師であることの証明になる。老師の体調もあってこちらは渡しそこねてしまってね」

「あー……採寸したやつ」

言われて思い出した。確か錬金術士用のコートを作るために採寸したけど、おじいちゃんとぼくの体調が良くなくて滞在を切り上げたんだ。あらためて考えると病人ふたりで随分無茶をした。

「受け取りに来るか送付するか、確認の手紙は送ったんだけど返事がなくてね……」

「それどころじゃなかったと思う」

無理が祟(たた)ったのか、試験の後からおじいちゃんの体調も悪化していった。手紙に返事をする余裕はなかっただろう。そもそも手紙がちゃんと届いていたかも怪しい。

「逆に良かったのかもしれないね……ようやく渡せるよ。あらためて第三階梯の認定おめでとう。第一階梯と認められる年少者は数いるが、一足飛びで第三階梯はギルド史上初だ。君の躍進に期待する」

「……ありがとう」

コートを広げたフィリップ錬師から手渡され、しっかりとした布の感触を撫でてから袖を通す。

なんだろう、錬金術師の試験を受けた時には感じていなかったけど……なんだか嬉しいかも。

「よく似合っている。裾は上げているから背が伸びたら直してもらうといい」

「アリスかわいいよ、にあってる！」

「うん」

立ち上がって確かめていると、笑顔のスフィやノーチェたちから拍手を送られてちょっと照れる。

「それで……そっちは？」

誤魔化すように残っているもうひとつの小さな箱を指さしてみると、フィリップ錬師は今気付いたように「ああ」と頷いた。

「先立つものは必要だろうからね。これは私個人と錬金術師ギルドから、老師に対する弔慰金のようなものだと思ってほしい」

翻訳が難しいけど、要するに名目をつけてぼくたちに資金をくれようとしているらしい。

小さな箱を開けてみると、銅貨と銀貨がびっしりと詰まっていた。

使いやすい少額貨幣でまとめてくれていることに気遣いが感じとれる。

「ハウマス老師は前線を退く際に権利関係をすべて精算していてね。十分な額とはいかないのが心苦しいが……足しにするといい」

「……フィリップ錬師、感謝する」

「気にしなくて良い。仕事についても急がなくて良いから、まずは宿を見つけて体を休めなさい」

その言葉に甘えて、ぼくたちは感謝を告げて一旦錬金術師ギルドを後にする。想定外ではあったけど、おかげでかなり余裕ができた。

7. 束の間

「良い人だったね」

「そうだにゃ」

「紹介してもらった宿はええっと、この先だと思う」

大通りを歩きながら、フィリップ錬師に教えてもらった宿を目指す。

お金がかかっても安全な宿が必須だという気持ちは、街を歩くたびに加速していった。

通りには何かの肉の串焼きを売る屋台があったりするんだけど、ぼくたちが近くを歩くだけで露骨に顔をしかめて手で追い払ってきたり。

「半獣の分際で人間様の道を堂々と歩いてやがる……」

中にはそんな言葉を投げかけてくる人すらいる。

長居がおすすめされないわけだ。その上街の中で不審な事件まで起こっているとなれば宿だってちゃんとしたところじゃないと尚更にマズイ。スフィたちの安全と引き換えにはできない。

「ねえ、あれって……」

しばらく歩くと、羽の生えた靴を看板にした大きな酒場風の建物が目に入った。旅装をした上で武器を持った大人が出入りしている。看板には大陸共通語で『冒険者ギルド』と書かれていた。

「冒険者ギルドだね、この近くだとおもう」

藁半紙のメモ書きとにらめっこしながら道案内をしていると、体が何故か冒険者ギルドの方へと向かう。背負われているから当たり前か。

「あたし、大人になったら冒険者になって名を挙げてやるって。ひどいこと言ったやつらを見返してやるんだって思ってたにゃ」

「……冒険者って、子どもがなれるものなの？」

どうやら完全に興味を惹かれているようなので、諦めてメモをしまう。

冒険者ギルドは錬金術師ギルドと並ぶ国際組織。アルヴェリアに本部があって、国を超えて支部を設置して民間レベルでの魔獣の対処や僻地の探検なんかを行っている。

魔獣の脅威が身近な世界だけに、冒険者は多くの民にとって兵士よりも身近な守護者だ。小さな村のちょっとした被害に兵士や軍隊を動かすのは割に合わなすぎるので、その辺りを担当する代わりに組合員は有利な条件で国境を移動できる。

なお村からの依頼には国から補助金が下りる仕組みになっているようだ。

戦闘から切り離せない危険な仕事なのもあって、子どもがなれると聞いたことがない。

「下手するとお前のほうが詳しそうにゃんだけど」

「ギルドの成り立ちと、政治的な立ち位置だけ。実務は知らない」

「なんで難しいところばっかり知ってるのアリスちゃん……」

ぼくが頭でっかちだからだよという返事はすんでのところで飲み込んだ。経験から得た情報じゃなく、本や又聞きの知識だから〝ただ知っている〟だけだ。

「んー……」

「スフィ、冒険者ギルド気になる？」

冒険者ギルドを眺めて唸るスフィに声をかける。

「ちょっと、でもアリスがね、ちょうしわるいから」

「……寄っていいって言いたいけど、そろそろ限界。宿も取りたい」

「だよね」

本当はスフィの好きにさせてあげたい。でも現実的にぼくの体力は尽きかけている。

「今日はもう休んで、明日は冒険の準備しよう。どっちにせよ冒険者ギルドにはいくから」

地理や魔獣の出現情報の確認。やらなければいけないことはたくさんある。

「スフィたちの、装備も、ととのえ、なきゃ、ね……」

「ノーチェ！　すぐ宿屋さんさがそ！　アリスが死んじゃう！」

「流石に寄り道できなさそうだにゃ……急ぐにゃ」

流石に死にはしないと思うけど、今はちょっと自信がない。

■

『草原の風亭』、それがおすすめの宿の名前だった。

冒険者ギルドから少し歩いた静かな路地にある落ち着いた小さめの建物。入ってすぐのフロントは掃除が行き届いていて、カウンターの向こうに穏やかそうな老紳士が待っていた。

「おや、いらっしゃい。珍しいお客さんだね」

「錬金術師ギルドの、フィリップ錬師から、泊まるならここがいいって、聞いた」

背負われたまま言葉を紡ぐと、カウンターの老紳士は静かに頷いた。

「フィリップ様から聞いたのかい。獣人の……しかも子どもとなると泊まれる宿は少ないからね。うちは歓迎だよ。部屋は三人部屋でもいいかな？　素泊まりで一泊大銅貨五枚だけど払えるかい？」

「おねがいスフィ」

「はい……えっと、とりあえずこれで四日分おねがいしますっ」

スフィが腰に結んだ小さなポーチから円形の銀貨二枚を取り出して背伸びしながら差し出した。

「銀貨二枚、確かに。ちょっと待ってね」

代金を受け取った老紳士は、背後にある格子状の棚から鍵を取ってスフィに手渡す。

「部屋は二階の奥から三番目。お湯が欲しいときは銅貨一枚、食事は近くにある猛牛の坩堝(るつぼ)って店か、冒険者ギルド前にあるヒゲ親父(おやじ)のやってるパン屋で買うといい。他のところは近づかないほうがいいね」

「わかった」

「ありがとーですっ！」

「はい、ごゆっくりね」

鍵はノーチェに渡して、先導してもらいながら部屋に向かう。二階に上がって鍵を使って扉を開けると、中は三つ並んだベッドに小さめのテーブルと椅子だけがある簡素な部屋だった。

埃っぽくないので掃除が行き届いているのがわかる。それだけで紹介されるだけはあると思えた。値段も高くはないし〝当たり〟の宿なのかもしれない。

「アリス、ちょっとよこになろうね」

「う……ん……」

大通りの匂いと背負われての移動。更には真面目な話でぼくには限界がきていた。

スフィにベッドの上に降ろしてもらうと、ぼくの意識は一瞬で沈んでいった。

■

「……はっ」

咄嗟に飛び起き……ることができなくて、目だけ開ける。

「あ、起きた」

「おあね、らぃじょ……だいじょうぶだった？」

「おかねは足りたよ」

錬金術師ギルドを出る時に箱から一定額を出してみんなに渡してあったけど、心配なのは数日分生活するのに足りているかどうかだった。

貰った額そのものはまだ数えていないけど、銀貨換算で数十枚相当は入っていたと思う。

「よかった……」

「起きて第一声がそれかにゃ」

だって心配だったし。

こっちの通貨は錬金術師ギルドが発行するグレド硬貨が主流で、小銅貨、銅貨、大銅貨、銀貨、大銀貨、金貨、大金貨の七種類がある。

それぞれの通貨は十枚で上の硬貨と同価値になる。一般的には銅貨三種類と銀貨が使われていて、大銀貨以上は基本的には大額の取引用だ。

串焼き一本が大体銅貨一枚。みんなには銀貨一枚分を渡してあったので数日はだいじょうぶだと思っていたけど。

「そもそもまともにモノ売ってくれる店がないにゃ、この街」

「獣人にはきたないからうらないって！　ひどいよね、スフィたちきたなくないもん」

「そうだよね……」

意識を失ってからどのくらい時間が経ったか知らないけど、若干やさぐれた様子のノーチェが細長いパンを齧っている。それでも売ってくれる店はあったらしい。

皮肉を込めるなら、「無駄遣いの心配はなさそうだ」って感じの返答になるだろうか。

わかっちゃいたけど本気で滞在に向いてないなこの街。フィリップ錬師も面倒を見ると言いつつ早めに出ていくことを促すわけだ。

「冒険者ギルド周りは旅人さんが多いから売ってくれるお店もあるんだけど、離れると大通りでもどんどん雰囲気が怖くなるの。路地裏で休むなんて絶対ダメだったよ……」

「ま、石を投げられないだけマシにゃ」

泣きそうなフィリアに対してノーチェは肝が据わっている。目もだ。

そういえば黒い髪色って一部では不吉の象徴みたいな扱いを受けてるんだっけ。こんな些細なやりとりからも苦労が垣間見える。

しかし、長居したくないと言いながらぼくの体調のせいで足を引っ張りまくってしまっている。みんなに対する申し訳なさが湧き上がってきた。

「……足引っ張っちゃってごめんね」

「アリス、何いってるの！」

「あたしらがこの街で、普通の宿に泊まれて金もある。お前のおかげだってわからにゃいほど馬鹿じゃあにゃい。お前が足引っ張ってるなんて思ってにぇーよ」

「そうだよ、アリスちゃん。体弱いのはわかってるし、すごく頑張ってるよ」

不意に漏れた弱気な言葉をスフィたちがフォローしてくれる。……病弱な上に気まで使わせちゃどうしようもないな。切り替えよう。

「ごめん、弱気になった。これから挽回する……宿に着いて何日経った？」

「あ、そうだアリスお金だせる？　お金ないと明日で宿をでないとなの」

「おーけー、三日寝てたのね」

「寝込む単位が何日って、アリスちゃん本当に大丈夫なの……？」

それはぼくも不安に思っている部分ではある。

取り敢えず不思議ポケットから追加の資金を出して、全員に配ることにした。

こういった次元収納は便利だけど、唯一安全に使えるぼくが不安定すぎた。

「ぼくが荷物全部受け持つのは不安なので、最低限のお金は先に配っておく……銀貨五枚、銅貨三十枚くらいでいいか」

受け取ったお金は銀貨換算で百枚近くありそうで、正直買い物を終えたらすぐにでも出発できそうな額だった。

「当面はなんとかできると思う。スフィはこれ、四日分追加お願いしておいて」

「うん！」

「おう、あんがとにゃ」

テーブルの上に並べた銀貨をそれぞれ受け取って、腰のベルトにつけている自分用のポーチに入れた。そのあたりの装備も新調しないとだなぁ。

「それじゃ随分またせちゃったけど、活動しようか」

「賛成にゃ！」

いつまでも寝ているわけにはいかない。ぼくがそう言うと、みんな楽しそうに目を輝かせた。

……三日も待たせてしまったなら当たり前か。

8. 冒険者ギルドへ

宿を出た後、ぼくはスフィに背負ってもらい錬金術師ギルドへ向かう。

ギルドのカウンターでフィリップ錬師に面会を申し込むと、即座に面談室へと通された。

「様子を見に行ったら倒れたと聞いてとても心配していたんだよ」

「寝過ごした」

「アリス、あれはね、〝たおれた〟って言うんだよ？」

そんなばかな。……ってそれはいい。

「遅くなったけど仕事がしたい」

「……大丈夫なのかな？ 体調的に」

「大丈夫。今まで良かった日がない、慣れてる」

こっちは物心ついた頃から虚弱な身の上、今回は旅の疲れが出ただけで体調が悪いのは慣れてる。

「具体的な症状はどうなんだい？」

「めまい、倦怠感、軽い関節痛、眠気」

「一度治療院で見てもらったほうがいいんじゃないかな？」

治療院というのは薬学や医学を専攻する錬金術師が経営する医療施設。光神教会が運営する救済院とは犬猿の仲らしい。

「おじいちゃんが診てくれてた。大きな病気や症状はないけど、全体的に虚弱らしい。必要な薬は自分でわかる」

ぼくに必要なのは治療薬というより体質改善薬の類だ。飲んですぐ良くなる話ではない。

「はぁ……無理はしないようにね」

「わかってる」

「それで、頼みたい仕事なんだが……」

どんと構えて言うと、フィリップ錬師も気持ちを切り替えたようだ。

「ポーションと結界石、それから呪符の作成だね。作れそうなものから作ってほしい」

「材料は出してもらえるの？」

「要請してもらえれば出せるよ」

フィリップ錬師が出してきたのは希望納品物のリストだった。

液体薬は外傷治癒、耐毒、輸液。結界石というのは魔力の通りやすい石に結界用の術式を刻印したもの。呪符は火矢、岩弾、風刃……魔術師ギルド基準での第一階梯魔術ばかり。

この手の魔術は魔獣相手にするには力不足で、どっちかというと対人用だ。

これがたくさん必要になる状況って？

「犯罪組織の襲撃でもするの？」

「いいや。不審な事件が続いているのでね、その備えだよ。大した意味はない」

「なるほど……」

嘘だ。心音血流筋肉……生物は考えていることが体の発する音に出る。

獣とかそもそも思考形態が違う相手ならともかく、同じ人間相手ならわかりやすい。

何か隠しているみたいだけど、この感じだと突っ込んだところで教えてくれないだろう。

そもそも知ったところで何かができるとは思えない。あまり気にしない方がいいか。

「どれも作るのは問題ない、呪符でいい？」

「魔道具職人たちがちょうど忙しくてね、そこが一番手薄なんだ。とても助かるよ」

どうやらフォーリンゲンで手の空いてる魔道具職人は少ないようだ。

ぼくからしても簡単な呪符作りなら片手間でもできるしありがたい。ポーションは設備が必要だし持ち運びが大変、結界石は同じく嵩張る。

不思議ポケットはできるだけ秘密にしておきたいし、選べるなら呪符一択だ。

「魔術紙とインクは受付で貰ってほしい。その分を納品代金から引く形にしておこう」

「わかった、納品の時は受付に直接？」

「あぁ、私を通さなくて構わないよ。ではよろしく頼むね」

「うん、わかった」

おおよその打ち合わせが終わったのですぐに解散となった。フィリップ錬師も忙しい人なのだ。

一方でぼくは暇人。帰り際に受付で素材の提供を頼み、併設されたカフェテリアで一息つく。

「普通に会ってるけど、おっちゃんが偉い錬金術師って考えるとなーんか緊張するにゃ」

「支部長補佐さまなんて、ふつう会えないもんね……」

テーブルにつっぷしながらノーチェとフィリアがぼやいている。

錬金術師ギルドが国際的に力を持つ分、ゼルギア大陸において錬金術師という職業は学者系エリートという扱いを受けている。

この規模の都市の支部長補佐ともなると、下手な貴族よりも権力があると言われたりもする。

「アリスちゃんはよく緊張しないね」

「……いや、ぼくも錬金術師だから」

ぼくが魔道具が得意で、フィリップ錬師は確か薬学だったはず。分野違いなこともあって、敬意はあるけど上下って感覚はあんまりない。

「別に失礼なことしなければ、もっと力を抜いてもいいと思う」

「うんうん」

「そんな簡単な話じゃないよぉ……」

のんびり雑談をしていると、受付の人がテーブルまで魔術紙とインクを持ってきてくれた。

これで錬金術師ギルドでの用事は終了。次の目的地は冒険者ギルドかな、スフィたちのギルド登録もしなきゃ。身分証は必要だ。

呪符はどこでも作れるし、先に手続きを済ませよう。

「次はどこいくにゃ？」

「冒険者ギルド」

「おぉー！」

■

前回は通り過ぎるだけだった冒険者ギルドへやってきた。

大きな酒場のように見える建物の正面には大きなスイングドア。こだわりだろうか。

早速中に入ってみるとこもった汗の匂いに一瞬で嗅覚がやられた。

……そうだよね、見るからに荒くれ者って人が多いし清潔なんて概念ないよね。

「アリス、大丈夫？」

「はやく済ませよう……」

このあたり、あんまり言及すると揉め事になるのは理解してる。前世でも体臭をからかったことが原因で殴り合いになってる光景を見たことがあった。

今の時間は人が少ないのかカウンターはがら空きだ。

スフィを先頭にして、こっちを注目している中で東方人っぽい女性の受付さんのところへ。

「……冒険者ギルド、フォーリンゲン支部へ御用でしょうか？」

「あのね！　スフィたち冒険者になりたいです！」

要件を尋ねてくる相手を見上げながらスフィが元気いっぱいに答えた。

「正式登録は法定成人ねんれ……こほん。ちゃんとした冒険者になれるのは、十五歳からです。それまでは見習い登録という形になりますが、よろし……いいですか？」

「あたし結構強いにゃ」

わざわざ子どもにもわかりやすく言い直してくれるあたり、優しい人っていうのはわかる。

しかし意思疎通には失敗したのか、ちょっとズレた返答に困った表情を浮かべてしまった。

「ちゃんとした冒険者には危険な依頼も多いので、子どもに任せるわけにはいかないんです。なので成人までは見習いとして、『E』ランクまでしか上がれなくなります。あぁ、冒険者ギルドにはランク制度というのがあって……」

受付嬢の話を聞いているとこれは安全措置のようだった。

冒険者ランクは上からアルファベット順に『A』から『F』、最上位に特別枠の『S』が設定されている。

ランクとしては『F』が街中仕事や採集中心の見習い、『E』が低脅威度の初心者、『D』から一人前って扱いらしい。

肝心なところとして、『D』からは大量の魔獣の襲撃なんかの非常事態では強制招集の対象になる。子どもがそれに巻き込まれないようにするためにランク制限があるみたいだった。

「……そういうわけで、冒険者になれないわけではなく上のランクになれないってことですね」

「そっかー」

「それでもいいにゃ、登録するにゃ」

「わかりました、登録書類が必要なんですが、えっとまずあなたたちのお名前を」

話を聞いた上で登録したいというノーチェの言葉にぼくたち全員が頷き、受付嬢がカウンターの下から四枚の薄緑色をした植物紙を取り出した。

植物紙は田舎村だとまだ珍しいけど、街だと普通に使われている。昔は羊皮紙しかなくて貴重品だった紙を、安価な植物から大量に作り出すことに成功した錬金術師がいたからだ。

製法は広く受け継がれていて、植物紙の製造は錬金術師ギルドの主産業のひとつでもある。

……実際に植物紙が完成するまでに物凄い試行錯誤と紆余曲折(うよきょくせつ)はあったと聞いている。

なのに説明すればたったこれだけなのが、研究作業の悲しいところだ。なお当人はその功績をもって第八階梯『メイガス』に認定され、自分の一門を発足して富と名声を得たらしい。

「あ、あたし自分で書けるにゃ」

ペンを手に名前を聞こうとする受付嬢をノーチェが止める。

「スフィたちも書けるよ」

「あ、私も……」

「え……本当に?」

困惑している受付嬢からペンを受け取り、まずノーチェが自分の名前や内容を書いていく。

「……あなたたちはどうしますか?」

「ペンちょうだい！　アリスのぶんはスフィが書いてあげるね」

「うん」

スフィとフィリアもペンを借りて自分で書類に必要事項を書いていった。

チラッと見たけど内容は名前と年齢と出身地くらい。とはいえみんな普通に文字の読み書きできるんだなと感心する。

「えーっと……できたにゃ」

「はい！」

「……ちゃんと書けてます、凄いですね。ではこれで登録は完了です。ギルドの会員証を作るのでしばらくお待ちください」

そんなこんなで、何事もなくぼくたちの冒険者登録が完了した。

登録自体は非常にスムーズに終わって良かったはずなのに、何故かちょっと物足りない。

9．装備を揃えよう

奇異の視線を受けながら、冒険者ギルドに併設された酒場のテーブルで待つこと数十分。受付してくれたお姉さんが長い細鎖のついたカード状の銅板を持ってきてくれた。

見た目はドッグタグに似ていた。表面には自分たちの名前とアルファベットの『F』に似た文字が大きく刻印されている。

こっちも確かランクに応じて銅から銀、金って材質が変わるんだっけ。

「こちらが皆さんの会員証で……読み書きはできるみたいですし、規約も渡しておきますね」

「わかったにゃ」

「ありがとー！」

自分のカードを確認してから、ノーチェから回された規約に目を通す。

……うん。

『冒険者ギルドは人々が自由に世界を冒険する権利を保証し、その後押しをするための互助会である』。『冒険者は駐留する土地の法律に従う必要がある』。『出身地の法と駐留地の法の間に矛盾が発生する場合、その差異は考慮される』。

『法に明らかに違反する行いが認められた場合、冒険者ギルドは該当者を指名手配し討伐部隊を差し向ける可能性がある』。

『所属員の行いで問題が発生した場合、その都度冒険者ギルドがその権限によって対処する』。

アバウトだけど、簡単に言うならこうか。

「――要するに、悪いことしたら怒られるってことみたい」

「にゃるほど、んじゃ大丈夫だにゃ」

「うんうん」

スフィが頷いてる横でノーチェもしたり顔で頷いた。ほんとにわかってるか少し不安だけど……この子たちならそもそも悪いことはしないか。

規約自体は比較的シンプルにまとめられていて覚えやすい。大人でこれすら理解できないとヤバいレベルだ。逆に言うとこのくらいシンプルにしないといけなかったんだろうな。

他の決め事と言えば、冒険者同士の揉め事は当事者同士で解決する努力をすること。

その際に法律違反があれば、基本的には揉め事が起きた土地の法で裁くって程度だ。

後は税金と手数料として依頼料の一部が差し引かれていて、提示されてる報酬は既に引かれた後だってのが重要なポイントかな。

「私は受付処理担当のリンダと申します。何かあれば気軽に相談してくださいね」

ぼくたちが規約を確認するのを見守っていた受付のお姉さんは、そう言って微笑(ほほえ)んだ。

「犯罪行為やペナルティによるものでなければ脱会も再加入も簡単ですから。今後のあなたたちの活躍に期待しています」

「はーい！」

それだけ言ってカウンターに戻る受付さんを見送ってから、スフィたちは嬉しそうに貰ったばかりの銅板をかざして眺めだした。

「これでスフィたちも冒険者だね」

「あたしの率いる最強パーティ伝説のはじまりだにゃ」

「リーダーはスフィだもん」

「いいやあたしにゃ」

「喧嘩しないの」

よし、最低限の身分証と収入確保手段は手に入れることができた。滑り出しは順調順調。

■

それからしばらく、冒険者ギルドに留まって掲示板に貼られている依頼票を眺めていた。

どんな依頼があるのかの傾向を確かめるためだ。

「どれにする?」

「うーん、ドラゴンの討伐とかないにゃ?」

「無茶言わないで」

冗談を言い合いながら依頼の傾向をチェックする。

『F』ランクで受けられるものは公道の掃除や草むしり、倉庫の整理や品物の配達といった街中での簡単なものばかりだ。

漠然と戦闘力試験みたいなのをやらなくていいのかと思っていたけど、そもそも戦闘力が必要になる依頼はほとんどないらしい。

「……このあたりはどう？」

「にゃ？　地下道の大ネズミの駆除？」

数ある依頼の中で、もっともやりやすそうな依頼を選んで指で示した。

歩くだけでもあの拒絶反応を向けられる時点で、掃除や草むしりなんかの人通りのある場所での長期作業はむしろ危ない。

倉庫整理や配達は『物を盗まれた』と言われる危険がある。長期滞在をするなら多少のリスクを承知で信頼度を稼ぐ必要があるかもしれないけど、ぼくたちの目的は定住ではない。

「これならギルドとのやり取りだけで済む、どうかな？」

「あぁ……そうだにゃ。これにするにゃ」

「おー！」

ノーチェが軽くジャンプをして依頼票を剥がすと、足取り軽く受付へ向かう。ぼくたちもそれを追いかけていった。もちろんスフィに背負われながら。

「これを受けるにゃ」

「大ネズミの駆除依頼ですか……」

さっき受付をしてくれたリンダは渡された依頼票とぼくたちの格好を見比べて難しい顔をした。

ぼくたちは多少身綺麗にはしてるけど、シンプルな布シャツを腰のポーチで留めてる程度の一般人スタイルだ。心配されているのは考えなくてもわかった。

「もちろん装備を調えてからいく。おすすめのお店、ある？」

「そういうことでしたら。門に向かって二つ先の道を曲がった先に冒険者通りという商店街があります。たまに未踏破領域探索のために獣人の冒険者も来ますから、お買い物できると思います」

教えてくれたのは名前からして冒険者用品を扱う店が並んでいる場所っぽい。

「なるほど、ありがとう」

「依頼は受諾しておきます。駆除した大ネズミはそのままギルドまでお持ちください」

受付を済ませて、ぼくたちは再び足並みを揃えてギルドを出る。

目指すは教えてもらった冒険者通りだ。

門に向かって進んで二つ目の道を曲がると、細長く店が立ち並ぶ通りが見えた。

「おぉ〜！」

「スフィね、かわいいお洋服がいぃ！」

「たしかに防具は重要」

いくらなんでもTシャツ一枚で大陸横断できるなんて馬鹿なことは考えていない。

というか大陸東方に渡るためには避けて通れない超危険地帯があるので、その対策もしておかないと確実に死ぬ。

「いや武器が先にゃ！」

「お洋服だもん！」

「じゃあコイントスで決めて」

背中から降りて、じゃれあうスフィとノーチェに銅貨を投げ渡す。

その光景を眺めながら、ぼくたちで冒険者チームを作ることになったらどっちがリーダーになるかで揉めそうだなぁ。

……この四人で冒険者か、三人が活躍するのをぼくがサポートして。一緒に色んな国や見たこともない景色を探して回る。

なんか、そういうのもいいなぁ。

「アリスちゃん、お金もそうだけど……私たちの装備までいいの？」

「ん、遠慮しないでいい」

確かめるようなフィリアの視線を受けて思考を切り上げて、壁に背中を預ける。

「フィリア」

「うん、どうしたの？」

「…………」

フォーリンゲンまで無事に辿り着いたけど、ノーチェとフィリアはこの後どうするんだろう。

喉まで出かかったのに結局聞くことができなくて言葉を濁した。

ここまで世話になったんだから遠慮なんてしなくていい。仮にここで別れるとしてもだ。

「フィリアの戦闘スタイルってどんなの？」

「え？　へ？」

考えるたびに切なくなってしまうので強引に話題を変える。

突然聞かれたフィリアは目を白黒させた。

スフィの得意な戦い方はよく知っているし、ノーチェも見ていてなんとなく想像がつく。

ぼくたちの中でフィリアだけはどんな戦い方が得意なのかわからない。

「フィリアが戦うところ、イメージできない」

「わたしも、戦いは自信ないかも……」

「そっか、じゃあオーソドックスでいいかな」

「わからないから、ノーチェちゃんに任せようかなって」

実はぼくたちの中で一番体格に恵まれているのはフィリアだ。身長も体重もあるし力だって一番強い。単純に鈍器を振り回すだけでも強いかもしれない。

刃物ってあれで意外と扱いは難しいし、鈍器は力さえあるなら武器として扱いやすい。

「スフィの勝ち！」

「くっそー！」

考えをまとめて視線を向けると、ちょうど店を回る順番が決まっていた。

何故かコイントスがどっちが高くコインを投げてキャッチし続けることができるかって勝負になっているけど、話がまとまったならそれでいい。

「アリス！　可愛いお洋服にしようね！」

「趣旨まで変わってるじゃん」

身を守るためのものなんだから、可愛さより実用性を重視してほしい。

■

順番が決まったところで通りで一番大きな防具屋に入ると、いかにも偏屈そうなおじいさんにジロリと睨みつけられた。

「ふえっ」

真っ先に見られたフィリアが泣きそうになった。睨んでるんじゃなくあまり目が良くないのだろう。首にメガネをかけているし。

仕方ないので率先して前に出る。背負って運んでもらったおかげで少し体力に余裕があった。

「ぼくたち、冒険者やりたいから防具を探してる。見立ててほしい」

店の中を見る限り、金属よりも革や布なんかの素材を主体とした装備品を取り扱っているようだ。ぼくたちの望む品物にも合致している。

「……金はあんのか」

酒に焼けたしわがれた声だった、でも嫌な音は混じっていない。

「ひとり銀貨十枚」

「それじゃ大したもんは売れねぇぞ」

「動きやすくて身なりが整う程度でいい、半端な防具は邪魔」

「わかった、ひとりずつそこに立て」

命を預ける装備に出すには銀貨十枚は安い、でも革や布なら最低限の装備は調うはず。

防具屋のおじいさんは採寸を手早く済ませると、希望を聞いてちょうどいい物を選んでくれた。

「アリス、どうかな？」

「うん、かわいい」

「えへへ」

スフィは白地に紫のラインが入ったドレス風の服と同じカラーのジャケット、金色に染められた糸の刺繍(ししゅう)がワンポイントで入っている。

後は紫色をした、魔獣の甲殻を素材にした軽くて丈夫な腰当て。

ノーチェはステッチの入った革のジャケットと腰巻きスカート。それからソードスパイダーっていう魔獣の糸から作った白いマフラー。

フィリアは紺色のドレスワンピースの上に白い魔獣の甲殻で作った胸当てや肩当て、腰当てと手甲を合わせたもの。本人が自信がないということで一番重装になった。

最後にぼくは黒字に紫のラインが入ったジャケットとズボンの組み合わせ。スフィは不満がっていたけど地味な黒が落ち着く。せめてラインの色は合わせることになった。

「丈直しとしっぽ通しの加工賃は四人分で大銅貨二枚でいい。渡すのは明日の昼過ぎ以降だ」

「わかった、これが代金」

ポケットから取り出した銀貨と大銅貨を代金分カウンターに載せる。

メガネ越しに眼を細めて硬貨を確かめ、おじいさんは納得したようにフンと息を吐いた。

「ちょうどだ、ほんとに持っているとはな」

「良い縁があった」

「そうか、武器はどうするんだ？」

「そっちは当てがある。心配してくれてありがとう」

ちゃんとした防具には裁縫の技術が必要なので、ぼくには手が出せない。

その代わり武器に関してはそこらの冒険者が持っている物より良いやつを作る自信がある。

「そうか……気を付けろよ。命あっての物種だ」

「うん、じゃあまた明日」

どうやら心配してくれている様子のおじいさんに見送られて店を出る。

店から出た瞬間、三人が揃ってため息を吐いた。なんかデジャヴュ。

「アリス、よくへーきで話せるね」

「ずっと睨んでくるし緊張したにゃ……」

「怖かった」

「職人って感じのおじいさんだった、嫌いじゃない」

偏屈で目が悪いだけで、怖い人って感じはしなかったんだけど。

さて、次は武器と道具類を見て回ろうか。もちろん参考にするだけで買う予定はない。

10. ネズミ退治

店回りの翌日、サイズが調整された装備を無事に受け取った。

しっぽ穴もちゃんと開けられている。ほぼ新品の新しい装備にみんな嬉しそうだった。

買い物が終わった後、宿の室内に404アパートへの扉を設置した。これだけで安全な安宿が豪華なホテルに早変わりだ。

もっとも、ぼくは奥にある洋室に引きこもってコツコツと呪符作りに励むことになったのだけど。

スフィたちは畳が気に入ったのか和室の方でゴロゴロとしている。最初の警戒はどこへやら、すっかり自分の家だ。

魔道具における呪符は植物型の魔獣から作った魔術紙と呼ばれる紙に、魔力の通りやすい素材を顔料にしたインクで術式を書き込んで作る。

必要とされている第一階梯魔術の呪符はそんなに難しくはない。

『錬成（フォージング）』

カンテラを呼び出し、灯の影で錬金陣の形を作って触媒にする。魔力を通して錬成を発動させると、ロール状に巻かれた魔術紙を短冊状に裁断していく。

理屈はわからないけど影は魔力の伝導率が一〇〇％でロスなく使えるため、わずかなぼくの魔力でも負担なく精密に錬成を使うことができる。

どんなに良い触媒でもこうはいかない。偶然とはいえ良いアーティファクトが手に入ったと思う。

「よいしょっと」

紙を裁断し終えたら洋室にある何も置かれてないデスクの上に並べた。

錬金術士ギルドで貰ったインクを受け皿に流し込み、錬成で木片に火矢と岩弾、風刃の術式を彫り込む。

要するにハンコの容量だ。雑貨屋で買ったスライム皮を錬成で形を変えながら貼り付けて、インクをつけて向きを揃えて押す。

ぽんぽんぽんと勢いよく押していき、全部に押したところで触媒を通して術を発動する。

『風化(ウェザリング)』

錬成から派生した術で、水分を飛ばして急速に乾燥させる効果がある。こういったインクは自然に乾燥させると素材として劣化してしまうので、一気に水分を飛ばして定着させる必要があるのだ。

この劣化現象は魔術が発動する原理が影響してるって言われてる。

呪符なんて紙に術式を書き込むだけなのに、製作に錬金術師が必要とされる理由でもあった。

そんなこんなで、ぼくはサクサクと作業を進めていく。

「……スフィに手伝ってもらえばよかった」

スタンプを押すだけでも結構な重労働で、各百枚ばかり作ったところで辛くなってきた。

押印作業自体は誰がやってもいいし、素直にスフィを頼ればよかった……。

■

夕方になる前に呪符作りに区切りをつけ、今度は武器作りに取り掛かる。

といっても錬金術師ギルドで買ったインゴットを錬成で変形させるだけだ。

鋼鉄を合わせてえーっと……層を作るように練りながら幅広の短剣の形を作る。

何パターンか作ってからゴロゴロ中のスフィとノーチェを呼んで試してもらい、気に入ったものをベースに調整してから刃を付ける。

一般的には鍛冶(かじ)をやるなら錬成より手を動かす方がいいって言われてるけど、ぼくの場合は研ぐより錬成でやったほうが楽だった。

作れたのはスフィとノーチェ用にショートソードを二本、フィリア用にメイスとバックラー。後は宿代五日分を支払えば、最初に貰った資金は各々(おのおの)のお小遣い分を残してすっからかんだ。

旅費を稼ぐために仕事をしなければいけない。

装備品が揃った翌日。準備を整えたぼくたちは錬金術師ギルドで納品を済ませ、街の一角にある地下道の前にいた。

「いよいよ初仕事にゃ、気合はいいにゃ!?　やろうども！」

「スフィ女の子だもん！」

「そういう意味じゃないにゃ！」

だんだんこのボケとツッコミにも慣れてきた。

「というかどこにでも地下道あるよにゃ」

「西は元々、ちょっと掘ればぶつかるほど遺跡が多いらしい」

ぼくたちのいるゼルギア大陸は巨大な陸地だ。大きな楕円に近い形をしていて、中央やや東寄りにある岳竜山脈によって東西に区切られている。

そして東方と比べて西方は歴史が残っている最古の時代である〝神々の時代〟以前の遺跡や、異常空間である〝未踏破領域〟の数が非常に多いらしい。

「街中でも工事中に遺跡が出てきちゃって、そのまま放置していることも多いんだと」

そのせいでどこからか入り込んだ魔獣の巣になったりするので、定期的な駆除依頼が出されているのだ。

「準備はいいにゃ？」

「バッチリ！」

「うむ」

腕を振り上げるノーチェを見ながら頷いて、四人揃って地下道へ進む。

「アリス、照明頼むにゃ」

「ほい」

カンテラを呼び出して火を灯すと苔生した地下道が蒼い光に照らし出される。うーん色合いがちょっと見辛い。

「フィリアはアリスを背負って守るにゃ、スフィはあたしと前線にゃ」

「う、うん」

「まかせて！」

フィリアに背負ってもらい、カンテラを頭上に移動させる。耳を動かして音を拾うと、通路のかなり先で何かが動く音がする。

「この先に何かいる、大きさは子どもサイズ」

「わかったにゃ」

ノーチェとスフィが腰のベルトにつけた鞘から剣を抜き放つ。磨かれた刃に蒼い光が反射した。

短剣といっても大人サイズで作っているから、ふたりが持つと腕と同じくらいの長さになる。扱いとしてはショートソードに近い。

警戒しながら進んでいくと、地下道は奥の方で入り組んでいた。造りからして前の町の地下遺跡にそっくりだ。

「あたしにも聞こえたにゃ」

「フィリア！　アリスと一緒にさがってて！」

「うんっ」

観察していると通路の奥からこっちに走ってくる音がした。

「ヂギュウウ」

「きたにゃ」

「おばけネズミ！」

暗がりから姿を現したのは子どもサイズ、すなわちぼくたちくらいの大きさを持つネズミだ。色合いはグレーで耳は小さくしっぽは短い、見た目は巨大で痩せたドブネズミ。

……普通に気持ち悪くて怖いな。

「フシャアッ！」

「やー！」

ターゲットが現れるなり、肉食獣ふたりの気配が変わった。姿勢を低くしながら一瞬で近づき、走ってくるネズミに向かって刃を滑らせる。

二振りの剣は筋肉と骨をものともせず両断し、三つに割断して地下道にネズミだったものをぶちまける。成果を確認したふたりは、手元の剣と元ネズミを見比べてから最後にぼくを見た。

「これ斬れすぎにゃ！」

「斬れすぎてこわい」

「えぇー」

素材の強度的にいける限界まで鋭くはしたけど。少し刃が欠けてる、ちょっとやりすぎたか。

「手応えほとんどなかったにゃ」

「こわい！」

「ごめん、あとで調整する。今回は慎重に使って」

手応えがないというのは確かにちょっと怖い。ふたりとも剣の扱いに慣れているわけじゃないし、自分の体を傷つけたら大変だ。スフィに至っては本気で怖がってるし。

「まぁ剣が強いのはいいんだけどにゃ」

「こわい」

「ごめん、次がくる」

そうこうしているうちに追加のネズミがやってきた。さっきよりちょっと大きいネズミと、それを一回り大きくしたようなサイズのネズミ。

……さっきからデカすぎじゃない？

「ヂュギュウ！」

「ギョオオオ」

体のサイズの影響かもはやネズミの鳴き声とは思えない。

「くるにゃ！」

「もー、いっぱい！」

「あああ、アリスちゃんどうしよう⁉」

「ここで待機、近づいたらメイスを振り回して」

フィリアの背中越しにふたりの活躍を見守る。

まずスフィが前傾姿勢で踏み出し、大ネズミの攻撃を回避しながら首を刎（は）ねる。そのまま勢い余って剣先が地面を削った。

「あっ」

「『錬成』」

一瞬動きを止めたせいで特大ネズミに狙われてしまう。床に干渉して少し凹凸を作ると、特大ネズミが足を引っ掛けた。

大口を開けて倒れる特大ネズミの前歯がスフィから離れた床に突き刺さる。衝撃で石畳が砕けた。石が砕けたんだけど、ちょっとまって難易度設定おかしくない？

「離れるにゃ！　シャアアッ！」

「うんっ！」

しっぽの毛を逆立てながら迫るノーチェと、体勢を立て直したスフィが入れ替わる。

振り下ろされた剣が起き上がろうとする特大ネズミの首を斬り落とし、勢いのまま地面に刺さる。

「倒したにゃ！」

「危なかったぁ……」

「みんな、一旦撤退しようよ。流石におかしい」

「そうだにゃ……」

普通に倒せているけど、見習いに任せるには難易度がおかしすぎる。貰った麻袋にネズミの遺体を詰め込み撤退することにした。

帰りに襲撃を受けずに済んだのは幸いだった。

11. 別行動

「なんですか、これは……」

文句を言ってやろうと冒険者ギルドに倒した大ネズミを持ち込んだところ、思った以上の騒ぎになってしまった。

「普通のサイズじゃないぞ」

「本当に街の中にいたのか？」

どうやら大ネズミというのはもっと小さいサイズの生き物のようだ。

「こんなの見習いにやらせるのはおかしいと思った」

「当たり前だ！　脅威度Dランク相当だぞこいつは。よく無事に倒せたな」

「骨まで完全に断っているがどんな刃物を使ったんだ？」

獲物の検分をしているギルド員のおじさんたちから離れる。

参考に見せてもらった大ネズミは確かに大きくても数十センチ程度。

いくらぼくたちが小柄とはいえ、子どもより大きいなんておかしいことはわかった。

「申し訳ありません、無事で何よりでした」

様子を窺っていた受付嬢のリンダさんが離れたぼくたちのところへやってきて、謝罪の言葉を口にした。

「ま、無事だったし気にしなくていいにゃ」

「初仕事でこんなことになるとは思わなかったけど」

「討伐分の精算は行いますので少々お待ちください」

イレギュラーはあったけど倒した三匹分の精算はしてくれるようだった。装備を調えてお金が乏しいから正直助かる。

「このあとどうなるの？」

「調査が行われるまで街中の駆除依頼は凍結でしょうね……最低でも数日はかかるでしょう」

妥当な判断だと思う。ただ冒険者としての仕事はできなくなってしまった。

「あなたたちはこれからどうしますか？」

「報酬を受け取ったら、何か稼ぐ方法を探そうと思う」

「そうですか……規定の代金以上に支払えたらいいんですが……」

「気にしなくていい」

ゴネればもっと貰えるかもしれないけど、今の立場を考えるとゴタゴタに巻き込まれるリスクは取りたくない。

ある程度話したところで出入りする人が増えてきたので、討伐代金の大銅貨三枚を受け取ってさっさと冒険者ギルドを後にする。

なんだか前途多難な感じだ。

■

「なーんだかにゃー、せっかくのデビュー戦なのに」

「ねー」

ノーチェたちはうまく活躍できなかったと思っているみたいで、道中不満げだった。

イレギュラーな相手を普通に倒せている時点でかなりの活躍だったと思うんだけどね。

「それで、アリスちゃんどうするの？」

「取り敢えず、錬金術師ギルドに行こう」

問いかけてくるフィリアに、スフィに背負われたまま答える。

実を言うと、冒険者ギルドでの仕事は元から収入源とは考えていなかった。ぼくが健在でいられるうちは錬金術師として働く方がはるかに稼ぎが良い。

後々のことを考えればスフィたちに実戦経験や冒険者としての実績を積んでもらうほうがいい。そう思っていたから、冒険者の仕事もやるべきだと思っていた。

正直言うと旅の終わりまでちゃんと生きていられる自信がない。口にしたら本気で泣かれるのはわかりきってるから黙ってるけど。

「何するにゃ？」

「作った呪符の納品。しばらくはそっちで稼ごうと思う」

「そっか」

錬金術師ギルドで納品を済ませて代金の銀貨四枚を受け取り、併設されたカフェテリアで休むことにした。因みに冒険者ギルドにもだいたい酒場が併設されている。

「百枚で銀貨二枚か、売値っていくらだっけ」

第一階梯の呪符の値段を思い出そうとしていると、スフィたちがなんとも言えない表情でテーブルの上の銀貨を睨んでいた。

「どうしたの？」

「あのおばけネズミ一匹倒して大銅貨一枚だよにゃ」

「あっというまに四〇ひきぶん」

どうも稼げる額の違いに複雑な気持ちになっているようだった。まぁ第三階梯の錬金術師が稼げなかったら話にならないし……。

「それも踏まえて、相談がある」

「相談にゃ？」

「ぼくは呪符とか道具作ってお金稼ぎに専念する。今回一緒に行って、現地だとそんなに役に立てないことがわかった」

実際にみんなと共闘してみて自分がいかに現場が向いてないか理解した。誰かに背負われてないとまともに動けないっていうのは、たぶんみんなが考えている以上に高いリスクだ。

「そんなことないよ？」

フォローしてくれるスフィには悪いけど、このあたりは誰よりぼくが自覚してる。戦いっていうのは足手まといを抱えたまま続けていけるほど甘くない。

自力で動き回れるならもうちょっと話は違うんだけどね。

「まったくなにもできないわけじゃないけど、ハッキリいってぼくもきつい」

「う……それは」

何より体力的に結構無理をしている。旅をしていること自体が無茶なのに。

「悪いけど、別行動させてもらいたい」

「まぁ、仕方にゃいな」

露骨に落ち込んだスフィに対して、ノーチェはすぐに理解を示してくれた。

「向き不向きはあるからにゃ、スフィだって妹に無理させたいわけじゃにゃいだろ」

「うん……そだね、アリスごめんね」

「気にしないで、ありがとう」

スフィと抱き合いながら頷き合って、ようやく話はまとまった。

「あたしらはどうするかにゃー」

「うーん、ねずみ退治はできないけど、冒険者のおしごとはしたいよねー？」

「獣人でも信用してもらえそうなところ、あるかなぁ」

はじまった三人の相談を眺めながらお茶をすする。おすすめはできないけど、暇をしているよりはいいかな。

「ま、のんびりいこう」

急いで行く旅じゃない。やれることをひとつずつやっていこう。

■

結局、スフィたちは代わりの仕事を見つけられないまま時間が過ぎた。

「はいアリス、こっちできたよ」

「ありがとう作りすぎ」

暇を持て余したスフィたちに呪符作りの手伝いをお願いしたら思った以上に頑張ってくれた。

ぼくが切り取った紙に位置を合わせてスタンプを押してもらうだけなんだけど、慣れてきて一気に作業効率が上がっている。

みんなのおかげで乾燥作業が追いつかない。なんかデジャヴュ。

「これで何枚だっけ」

「ぴったり千枚、今日はこれでおしまい」

数日かけて大量に作っては納品してを繰り返して、稼いだ銀貨は既に百枚を超えている。

「呪符はもう十分らしいから、近いうちに調薬室借りてポーションでも作るかな……」

「じゃあお手伝いおしまい？」

「そうなる」

作るのは難しくないけど買い取ってくれる分には限界がある。必要量に達したようで、このペースではもう買い取れないと言われている。

「そっかー」

「そろそろ出発の準備しなきゃ」

「そだね、ノーチェたちにも話さなきゃね」

「うん」

旅に必要な雑貨類は以前の買い物で揃えている。資金は十分だし、保存食を買い込んだりといった準備も並行して進めていきたい。

12. 行方不明の子ども

十分に資金が集まったと判断して、本格的に出発の準備をはじめることになった。
ノーチェたちも同行するつもりのようで、なし崩し的に同じ旅の準備を進めている。
もう少し一緒にいられると思うと少しだけホッとする。ちゃんと話をしたほうがいいんだろうけど、まだ希望を伝える勇気が出なかった。

「食い物は肉多めで頼むにゃ」

「おーけー、何軒かハシゴしてまわろう」

今は冒険者通りにて四人揃って買い物中。目的は旅のための食料品や外套（がいとう）だ。

「というか防寒具って必要にゃ？」

「……ぼくたちはラウド王国の南東にあるパナディア王国へ向かう予定。道中には永久氷穴って呼ばれるばかでかい雪原地帯がある」

「ほー」

永久氷穴は大陸西方でも有名な未踏破領域のひとつだ。常に吹雪に閉ざされていて、雪の精霊神の寝床とも呼ばれている。

未踏破領域というのはその名の通り、未（いま）だ誰も踏破したことがない地域のこと。空間異常が起きていたり内部では物理法則が変化していたりと常識が通じない。

精霊と呼ばれる超常存在の生息地であり、貴重な素材や道具も手に入る。冒険者たちの目的はこういった未踏の地を踏み越えることだ。

そんな場所だから本当は近づかない方がいいんだけど、大きく迂回(うかい)すれば回避できるけど時間もかかる。更には国境の関係で人間至上主義の国を通らないといけなくなってしまう。

途中までは迂回路を進んで、雪原の端を越えてパナディア王国の港へ向かう。そこから船に乗って大陸東方最南端にあるシーラング王国を目指すのが予定ルートだ。

「なんでわざわざ雪原の方を抜けるにゃ」

「山越えはぼくの体力じゃ厳しい」

もちろんルートはひとつじゃない。ただしもうひとつの有力候補が大陸を左右に隔てる岳竜山脈を越える道。山道は険しい上に獰猛(どうもう)な魔獣も多く、ぼくを抱えての山越えは現実的じゃない。

「わたしも反対……岳竜山脈は凄く危ないよ」

「……やべぇ雪原越えるのは平気にゃのか？」

「これでも狼人、寒さには強い」

ぼくとスフィは狼人の中でも特に寒さへの耐性がある種族だ。それに永久氷穴はぼくたちと凄く相性がいい。

「あそこの危険は主に寒さで地上部分は魔獣も少ない、対策が取りやすい」

名前が示す通り、一番やばいのは雪原地帯ではなく中心に存在する氷の大穴だ。内部に広がる氷の洞窟は、息すら凍り火の力が極端に弱まる異常空間らしい。

冷気こそが最大の敵で、魔獣の危険度はそこまでぶっ飛んでいないということが調べてわかった。

「対策にゃ？」

「ぼくたちにはあるでしょ、避難できる場所」

「あぁー」

通常ならどっこいどっこいレベルで危険だけど、生憎とぼくたちには404アパートがある。扉を破壊されずに設置する場所が確保できるならいくらでも回避できる。

「総合的に見て、一番安全に抜けられる可能性が高い」

「にゃるほど」

納得してくれたところで適当な食料品店に入り、乾燥肉や雑穀を焼き固めた保存食を買って回る。冒険者通りの店だけあって購入を拒否されることもなく、順調に揃っていく。

「これどうやって食べるにゃ？」

「そのままか、水でふやかす」

「あんまり美味しそうじゃないにゃ」

シリアルの入った袋を抱えて運んでいたノーチェが鼻を鳴らす。豆粒サイズに砕かれた焼成雑穀が水分を通さないスライムコーティングされた紙の袋に包まれている。

味はともかく最低限の栄養はある。

「このポンチョふかふか」

「なんか金銭感覚麻痺してきちゃった……」

隣ではフィリアが抱える四人分の防寒用のポンチョを触ってスフィがニコニコしている。厚手のポンチョは魔獣素材らしいファーがついていて、見るからに暖かそうなものを選んだ。

これ四着で銀貨二十四枚、中古品だけど悪くない買い物だった。

「買い物はこれで全部」

「必要なものはだいたい揃ったかな、あとは……」

出発日を決めてフィリップ錬師に挨拶に行くだけだ。

「お願いだよ！」

言いかけたぼくの言葉を遮るように、甲高い叫び声が聞こえてきた。

「あっちいけ、俺たちは仕事中なんだ」

「でも！」

「しつけぇんだよ！」

冒険者ギルドの方から聞こえてくる喧騒に顔を向ける。ぼくたちと同い年くらいの男の子が冒険者らしい髭面の男にすがりついて、振り払われる瞬間が見えた。

「……揉め事？」

「かもしれない」

「お願いだよ、兄ちゃんたちが帰ってこないんだ！」

「チッ、依頼する金もねぇんだろうが親なしめ」

聞こえてくる会話の内容からおおよその状況を把握した頃、忌々しげに周囲を見回していた男がぼくたちのところで視線を止めた。なんか嫌な予感がする。

「おい見ろ！　あっちの半獣どもは最近一丁前に冒険者ぶってやがる連中だ。頼るんだったらあいつらみたいなのに頼れ！　鼻つまみもん同士で勝手にやってろ！」

「いたあっ！」

大人に拳で殴られた男の子は地面に倒れ込んでしまい、髭面の冒険者は何故かぼくたちを睨みつけて去っていった。

……なんだあいつ。

「あのおじさんひどい！」

「なんだあいつ、ひでぇやつにゃ」

ハァとため息を吐いたノーチェが地面に袋を置き、うずくまる男の子を助け起こしにいく。

「あ、ありがとう……獣人の子たちなんてはじめて見た」

体を起こした男の子はちょっと恥ずかしそうにしながらお礼を言った。見た目は西方人っぽいけどぼくたちに対する悪意や敵意は感じない。

「いいにゃ……お前は半獣って呼ばないんだにゃ」

「それって差別用語でしょ？　仲良くできる同じ人間なんだから。そういうの言っちゃいけないんだってシスターがいつも言ってるんだ。それより冒険者って本当なの？」

良い扱いを受けていないみたいだけど、シスターって言ってるし教会関係の子なんだろうか。

「そうにゃ、冒険者にゃ」

「じゃあお願いがあるんだ！　お兄ちゃんたちを探してほしい、獣人は鼻が利くんでしょ!?」

すがりつく男の子の様子にノーチェが困ったようにこちらを見る。

「人探しなら大丈夫でしょ、少額でも依頼料はちゃんと受け取った方がいい」

一応知識の及ぶ限りでアドバイスすると、ノーチェとスフィは目を見合わせて頷いた。

「スフィね、狼だからそういうのとくいさんだよ！」

「話くらいは聞いてやるにゃ」

「ありがとう！」

その前に人目を避けながらポケットに荷物を収納しないとね……。

■

男の子はフォーリンゲン東地区にある光神教会の孤児院の子だったらしい。

「ここの道の先に薬草の採れる場所があるんだ、お兄ちゃんたちはいつもそれを採りにいくんだけど……今日はずっと戻ってこなくて」

孤児院の近くにある地下道の通じてる先に薬草の群生地があって、普段から年長の子どもで薬草の採取をやっていたそうだ。

種類によっては薬師ギルドや錬金術師ギルドで買い取ってくれる。子どもたちにとって貴重なお小遣いの元らしい。

「地下に生える薬草ってことは青葉薬草じゃなくて石火草、白眉草あたり？」

「おれはわかんない……お兄ちゃんはいつもならとっくに戻ってきてるはずなのに戻ってこなくて、心配して外から声をかけたんだけど何も聞こえなくて。たまに大ネズミが出るからって、年長以外は入っちゃいけないんだ……」

「大ネズミが出るにゃ？」

大ネズミという単語を聞いてピンとくるものがあった。スフィたちが顔を見合わせている。

「うん、動きは遅いけど噛まれると大変だから、おれたちは入っちゃダメなんだ」

どうやら一般的にはネズミの割に動きは鈍いらしい。ぼくたちが遭遇したのはつくづくイレギュラーだったようだ。

「どうするにゃ？」

「うーん……アリスはどうしたらいいと思う？」

「その薬草の群生地まで見に行って、そこで状況判断。深追い厳禁で」

「賛成するにゃ。というわけであたしたちでちょっと見てくるにゃ」

「おねがい！」

どうやら本当に受けることに決めたようだ。男の子をその場に残し、ノーチェが先頭になって地下道の中へ入る。

またしてもカンテラが活躍するタイミングがやってきた。

「本当にどこにでも地下への入り口があるにゃ、このへん」

「……奥で他の道と繋がってるとしたら、あまりよろしくないかもしれない」

もしかしてここら一帯に巨大な地下迷宮でもあったんだろうか。

地下道自体はカンテラが必要ないくらいには明るい。しばらく進むと脇道の部屋のようになってる場所に薬草が群生していた。

「壁の裂け目から水が流れ込んで薬草の生育に適した水量と湿度になってる。種もそこから流れ込んだのかな」

部屋の壁は裂けていてそこから水や泥が流れ込んでいた。石畳が崩れて空いた部分に泥が溜まって、そこに薬草が生えている。見た感じ水の豊富な泥の中に根を張る水冷草だ。

熱を吸収する効果が高くて主に冷湿布なんかの冷却材に使われる。

「水冷草とは予想外。たしかに生育条件はそろってる」

「そんなことより、誰もいないにゃ」

「あ！　これ足跡、いっぱいあるよ」

「ほんとだ」

水が流れ込んで地面がしめっているからか、足元を照らせばたくさんの足跡が残っていた。

複数の小さな足跡、ぼくたちのものより少し大きいものばかり。それからでっかいネズミの足跡。

「オバケネズミに追いかけられて逃げた？」

「だとすると、やべぇかもにゃ」

まだ帰ってないところを見ると外側に逃げるのは失敗したようだ。足跡は……更に奥の通路へと続いてる。照らされた道はやはりあちこちが崩れている。

「どうするにゃ？」

「一旦戻って大人に話したほうが良いと思う」

最近起こっているという失踪事件にも繋がりそうで、ハッキリ言ってぼくたちの手に余る。

冒険者ギルドあたりに持ち込めば動いてくれる可能性も高い。あそこは道の掃除や害獣駆除なんかの公共事業の斡旋（あっせん）もやってるから、騎士団とも連携を取っているはずだ。

13．地下礼拝堂

男の子に事情を話し、青ざめた彼に案内してもらってぼくたちは孤児院へと向かった。

街の大通りからそこそこ離れた位置にある孤児院は、元々教会だった場所を改装して造ったこじんまりとした施設だった。見た目は良く言えば質素、悪く言えば貧相。

「そんな、どうして……！　しばらく地下道に入ってはダメと言っておいたのに！」

「だ、だってシスターはいつも大変そうだったから」

彼の言うシスターは典型的な西方人の見た目で、そばかすのある二十代の女性だった。見た目こそ普通の村娘って感じなのに、近くにいると妙なプレッシャーを感じる。

スフィたちも同じみたいで、ちょっとシスターさんを警戒していた。

「それでも、ダメと叱っているのだからわかってほしかった！」

どうやら子どもたちを養うために寄付や補助金だけでは足りないみたいで、シスターも昼間は働きに出ているらしい。

それを見かねた子どもたちが稼ぐ手段を求めて地下道に薬草採取に向かっていたみたいだ。

「いえ、いいえ、嘆いていても仕方ありません。まずはニックたちを探さないと！」

立ち上がったシスターはパタパタと足音をさせて奥へと行ってしまった。正直この時点でぼくたちがやれることはなくなってしまったんだけど。

「うぅ……」

「取り敢えず元気出すにゃ、まだ何かあったって決まったわけじゃにゃいし」

「大人に任せるのが一番」

訳知り顔で頷いていると、すぐに修道服から動きやすい服に着替えたシスターが戻ってきた。背中には大きな板のような盾……タワーシールドと呼ばれるものが背負われている。

「でっけぇ盾にゃ」

「大したもてなしもできなくてごめんなさい、私はこのままニックたちを探しに向かいます。情報をありがとうございます」

「……おねーさん、ひとりでも大丈夫？」

「大丈夫ですよ、こう見えても結構強いですから」

スフィの言葉足らずな質問は案の定伝わらず、シスターの少しズレた回答が来た。

「ぼくたちなら匂いや音を追えるけど、お姉さんは？」

「あ……」

この世界の獣人は割と戦闘民族みたいで、シスターが強いことは理屈じゃなく肌で感じる。しかし強者がすなわち斥候として優れているとは限らない。

「姉ちゃん嫌な感じしないし、協力してやってもいいにゃ」

「……ですが、子どもを巻き込むわけには」

「乗りかかった馬車ってやつにゃ、あたしら自分の身くらいは守れるにゃ」

「…………」

ノーチェの言葉を受けて随分と悩んだ様子を見せた末に、シスターはぼくたちを見る。

「正直言って、初対面の幼子を巻き込むのには忸怩たる思いがあります。ですがニックたちを早く見つけてあげたいのも事実です。恥を忍んで手伝っていただけますか？」

最終的には自分の保護する子どもへの心配が勝った様子だった。

「構わないにゃ」

「ありがとうございます。ですが魔獣が襲ってきた場合はすべて私が対処します。絶対に傍から離れないでくださいね」

ぼくたちを巻き込むことが苦渋の決断であることが手に取るようにわかる表情をしながら、シスターは静かに頭を下げた。どうでもいいけど、こっちでも頭を下げる文化あるんだね。

かくして、ぼくたちはシスターと共に孤児院近くの地下道入り口へ戻ることになった。

薬草の群生地に辿り着いた後、スフィが匂いを嗅ぐ横でぼくは耳を澄ませる。

水の流れる音と小さな生物が動き回る音しかしない。スフィの嗅覚が頼りになりそうだ。

「こっち！」

大分匂いも薄れているだろうに、スフィはすぐに痕跡を見つけた様子で追いかけていく。

「スフィってそんなに鼻利くにゃ？」

「獣人の基準がわからないけど、遮蔽物がなければかなり追いかけられるみたい」

比較対象がぼくしかいないので、獣人の中でどの程度かはわかりかねる。ただぼくとは比べ物にならないほど鼻が利くことだけは確かだ。

それにしても、また地下を探索するはめになるとは……。

■

照明になる明かりの魔道具はシスターが用意していた。手提げの小さな籠に入った四角い石で、魔力を込めると発光する仕組みになっている。

念のため人前ではカンテラを使わないようにしていたので助かった。

「ラウド王国一帯には大昔に古の怪物を閉じ込めた巨大な地下迷宮があったと伝えられています」

移動中、シスターが話してくれたのはこの国のちょっとした昔話だった。

「この街も地下を掘るとすぐにその痕跡が見つかるんですが、あまりに時間が経ちすぎているため通路があちこち崩れて危険なんです。一部はそのまま地下道として補修しながら活用されているんですが、同時に一部の通路は出入りを禁止されているんです」

だから入ってはいけないと伝えていたのにと、シスターは深いため息を吐いた。ちょっと疲れている雰囲気はあるし、孤児院の経営状況はあまり良くないのかもしれない。

「大きな気配はないね」

「へんなにおいもしないよ」

拾える音は環境音や小動物のようなものばかり。しきりに匂いを嗅いでいるスフィも、違和感のある匂いは拾えていないようだ。

「少なくともケガしてるわけではなさそう」

怪我をしているなら血の匂いが残るはずだ。うまく逃げ果せたんだろうか。

「ニックたち……今追っている子たちは冒険者を志していた子たちですから、身を守るくらいは」

ぼくの言葉でシスターはようやく少し落ち着いたようで、ざわめいていた体の音が凪ぐ。

「ねえちゃん……えっと、シスターさん、が教えたにゃ？」

「あっ……私ったら、自己紹介がまだでしたね。ごめんなさい」

ノーチェに言われて、シスターはようやくハッと気付いた様子で居住まいを正した。ピンと伸ばされた背がこちらに向かってわずかに曲がる。

「私はアナンシャ。フォーリンゲン東孤児院の院長をやっています。お好きに呼んでください」

「あたしはノーチェにゃ」

「スフィはスフィだよ、こっちは妹のアリス、よろしくね！」

「フィリアっていいます」

「……ぼくはアリス、よろしく」

「はい、よろしくお願いしますね」

シスターもといアナンシャはこわばっていた表情を緩め、ぼくたちを見る。

「行方のわからない子はニックとミドといいます、男の子がふたりです。もしも私に何かあれば構わず逃げてください」

しれっと言い放つ彼女の音に揺らぎや気負いみたいなものはない。それが当たり前だという覚悟ができている人間のものだ。

背負っている盾といい、見た目じゃ測れない雰囲気がある。

「あ、ここ！　この先！」

突然スフィが声を上げ、地下道の壁にある穴をもぐって進んでいった。

えっ。

「待つにゃ！　抜け駆けはずるいにゃ」

「まってよふたりとも！」

ノーチェが追いかけてするりと穴の中に姿を消し、慌てたフィリアが四つん這いになりながら中へ進んでしまう。子どもならまぁ通れるかなってサイズだ。

因みにぼくの現在地はフィリアの背中。穴はそこそこ大きくて、ぼくを背負っていてもしゃがんだフィリアならなんとか通れる。

「あ……」

思わず背後を振り返ると、唖然（あぜん）とした表情でぼくたちに手を伸ばすアナンシャと目があった。

もちろん、タワーシールドを背負った大人の女性が通れるサイズではない。

……ま、まぁ分断されたわけじゃないし、追いついたら説得して戻ればいいか。逃げている当人たちを見つけられたなら更に御の字だ。

「待って！　勝手に行ってはダメ！　あっ盾が引っ掛かって!?」

背後から聞こえるアナンシャの焦った声が遠くなっていく。壁の穴は意外と深く、どうやら下方向へ続いているようだった。

亀裂状になっている出口から外に出ると、先行していたスフィたちが誰かと対峙していた。

「……半獣ども、なんでこんなところにいやがる！」

「勝手に入ってきたのか？　ダメじゃないか」

革鎧を身に着けた年嵩の男たちが、明かりの魔道具を手にスフィたちを睨みつけている。

「ってまた増えたし……」

「スフィちゃん、ノーチェちゃん、どういう状況……!?」

「この道に出たら、このおっさんたちとかちあったにゃ」

「おっさ……俺たちは冒険者だ、地下道の調査に来ている」

目の前の男たちは総勢八人ほど、敵意を向けてくるのが三人。他は心配と興味かな。

中でもひとりだけ雰囲気の違う普人の男が静かにこちらを観察していた。

スーツのような服装の上に黒いコート、紋様の入った目隠しをしている長髪の男性。距離があるうえに照明による明暗差でよく見えないけどあのコートってもしかして。

「君たち、ここは危険だから早く外へ出るんだ」

明かりの魔道具を持った先頭の男がぼくたちをなだめるように声をかけてくる。

「孤児院の子が中に迷い込んだから、探しにきたにゃ」

「なんだと!?　道中で子どもは見なかったが……」

別ルートで探索していたんだろうけど、どうやら冒険者たちとは遭遇していないみたいだ。

「なんかに追いかけられてあっちの穴から逃げてきたみたいにゃ」

「においがのこってるよ！　あっちのほう！」

スフィが指さすのは男たちがやってきた方向とは逆方向。すなわち更に奥の方。

「……この先には旧時代の地下礼拝堂があったはずですね」

全員の視線が向かったところで、目隠しの男が口を開いた。

「神話の時代より以前、この辺りは終わらぬ冬によって氷に閉ざされていました。窮した人々は〝迷宮の精霊〟にすがり、地下に巨大な都市を築いたそうです。この地下道はその名残ですよ」

「ハリード先生、講義は後にしてくれないか。子どもがいるっていうなら探さねぇと」

「失礼しました、その通りですね。崩れていなければ行き止まりのはずです、参りましょう。捜索は私たちが引き受けますので、貴女がたは道を引き返して戻ってください。今は魔獣はいません」

手短に言って目隠しの男はコートの裾を翻し奥に向かって歩いていく。他の冒険者たちも慌てた様子でそれに続いた。

あの口調といい知識といい、先生と呼ばれてるしあの人も錬金術師なのかな。

「スフィたちはどうしよ？」

「追うか、アナンシャの姉ちゃんを待つのかどっちにゃ？」

「………………追いかけよう」

本当なら引き返すか待つかの二択なんだけど……。

暗闇の向こうからこっちを窺っている息遣いが聞こえる。男たちが三人、先に行ったふりをしてぼくたちの様子を窺っているようだ。

この音には覚えがある、孤児院の子を振り払った冒険者だ。

「どうしてにゃ？」

「こっちの様子を窺ってるやつらがいる、襲われるかも」

「……わかったにゃ」

手招きをしてノーチェたちに耳打ちすると、すぐに状況を理解してくれた。ぼくたちにとっての脅威は魔獣だけじゃない。

以前襲ってきた男によれば、獣人の中でも狼人は高く売れるようだし。

気付かないふりをしながら地面にメモ書きを残し、先に進んだ冒険者を追いかけた。

シスターアナンシャが気付いてくれるといいけど。

■

「君たち、結局ついてきちゃったのか」

「あたしらだけで帰れないにゃ」

ぼくたちは早足で先行した冒険者に追いつくと、事情を話して半ば強引に合流した。こっちを窺っていた男たちはこれみよがしに舌打ちをしてみせる。

「……あいつら。あんまり評判良くないんだよ。悪い噂もあるし正解だったかもな」

冒険者のひとりが苦笑しながら、悪態を吐くおじさんたちを見て露骨にため息を吐いた。

「子どもたちを見つけたらすぐに戻るんだぞ」

「わかってるにゃ」

うまく守ってもらいながら地下道の先へ進む。しばらくするとあちこちボロボロになった大きな扉が見えた。崩れているけど表面には何かの装飾が彫り込まれている。

「扉は閉まってるな、子どもの力じゃ開けられないんじゃないか？」

「……いえ、そこに穴が開いています。子どもなら問題なく通れるでしょう」

目隠しの男は扉の穴を指さした、確かに大人は無理でも子どもは通れる。

「とにかく開けてみるか？」

「気を付けろよ、魔獣がいるかもしれない」

一番体格の良い男が力を込めて押す。重い音を立てて扉が開いていく。

「よし、開い――」

内部が見えそうになった瞬間、目隠しの男がその服を掴んで背後へ放り投げた。背丈は変わらないけど体の太さが倍くらい違うのに、すごい力だ。

直後に風を切る音がして、ついさっきまで体格の良い男が立っていた場所に切れ込みができた。

「いってぇ！　何するんだよ！」

「――ここは神の家、神に祈りを捧げるための場所。いささか無礼が過ぎますわ」

突然投げられた男の抗議に答えたのは、目隠しの男ではなく涼やかな女の声。

綺麗な声だけど、同時に黒板を掻き毟る音を聞いたときのような不快感を覚える。

開いた扉の向こうには地下空間にくり抜かれた礼拝堂。その奥にそいつはいた。

「無作法者には罰を受けてもらわねばなりません。辿り着いてしまったのなら、尚更に」

荒れた礼拝堂の長椅子に寝かされた無数の人々の中心に立つ若い女。長いブラウンの髪を編み込んでひとつにした、美しい女性。

着ているのは純白の貫頭衣で、胸元には円と十字を組み合わせた金色の刺繍。

「……光神教会の神官が、何故ここに」

「あなたたちが知る必要はありません」

女が祈るように両手を合わせると、風切り音と共に鮮血が舞った。

14. 御使い

「ぐああ！」

「なんだよ」

「ふぎゃっ!?」

魔術なのかなんなのか、原理は知らないけど女に攻撃されたことだけはわかる。

剣で斬りつけられたように血飛沫(ちしぶき)が散って、冒険者の男たちが倒れる。攻撃範囲にいたノーチェは咄嗟に避けたようだ。

「……思ったより浅いですね、防がれましたか」

「くそっ、訳がわからねぇが俺たちを甘く見ないでもらう！　気を付けろ！　こいつ加護かアーティファクトを持ってる」

「〝使徒〟として神よりいただいたお力です。ひれ伏しなさい」

女が手を振るたびに不可視の刃(やいば)が放たれる。冒険者たちは言葉通りに〝甘くない〟のか、ギリギリのところで対処している。

「ひやああ！」

「下がっていてください」

フィリアが悲鳴を上げていると、目隠しの男がぼくたちの前に飛び込んで何もない空間を蹴った。

耳が痛くなるような衝撃音と共に、硬質な何かが砕ける音が響く。

「おまえらこっちにゃ！」

「フィリア、スフィたちのうしろにいて！」

スフィが抜剣しながらぼくたちを庇って前に立ち、声を上げたことで女の視線がこちらを向いた。

「人に隷属するべき獣が、堂々と人の街に入り込むとは……なんということでしょうか」

蔑むような悪意に満ちた言葉と声に背筋が震える。

「普人（ヒューマン）至上主義。神の子たる普人こそが至上の存在で、それ以外の人間種族は等しく普人に隷属すべし。近代の光神教徒にはよくある思想です」

「なるほどね」

随分と偏った女の考え方を、目隠しの男が補足してくれる。

「自己紹介が遅れました。私は錬金術師第三階梯のハリードと申します、考古学を専門に学んでおります。貴女のお噂は兼ね兼ね、お会いできて光栄です……〝アリス錬師〟。帰還した後で挨拶をと考えていたのですが、事はうまく運ばないものですね」

「うまくいかないから知恵と機転を働かせるのが錬金術師の役割では」

「確かに、これは一本取られました」

「のんびり話してる場合にゃ!?」

やっぱり彼は錬金術師だったようだ。それにしても第三階梯とは。

「思想ではなく真実です。理（ことわり）から目を背けることが常の邪教の輩（やから）には理解しがたいのでしょうか」

「紡がれる歴史の真実は人の数、国の数、民族の数だけあります。ひとつ紐解くたびに見えてくる過去は形を変える。与えられた〝教え〟だけを盲信する方にこそ、真実は理解しがたいものかと」

「言葉だけは達者ですね」

「考古学を学ぶと解釈による衝突は避けられないものでして」

ハリード錬師はぼくたちを庇うように戦いながら、蹴りで不可視の何かを迎撃している。

ついでに舌戦してるのは凄いけど流れ弾が怖い。

「隙ありぃ！」

「訳わかんねぇが、落とし前はつけてもらうぜシスターさんよぉ！」

修道女の体に振り上げられた片手斧や棍棒が迫る。いつの間にか背後に回っていたようだ。しかもぼくたちを狙っていた態度の悪い冒険者三人が。

無防備な背中に攻撃が当たる直前、冒険者たちの動きが何かで縛られたように止まった。

「ぐぅ、動かね……ガッ⁉」

振り向いた修道女が細長い銀色のレイピアで男たちの胸を素早く突いた。

胸元から血を流し、男たちのうち二人が力なく崩れ落ちる。

「バジィル！　ラムダ！　きさまあああ！」

「やめろ、下がれ！」

叫び声を上げながら最後のひとりが剣を振り上げ、涼しい顔をした修道女に切り捨てられた。

「……あと五人と四匹、随分と賑やかなものです」

「こいつ、殺しやがったぞ！」

「いいえ、彼等は生まれ変わるのです」

修道女は人の命を奪ったことなんて意にも介さず、服の中から丸い物を取り出した。よく見ると細長く加工した銀で編まれた卵型の銀細工だ。

「うぅ、スフィあれイヤッ！」

「すごい嫌な感じがするにゃ」

それを目にするなり、スフィとノーチェが毛を逆立てる。見る限りはただの銀細工に思えるんだけど、見ていると奇妙な感覚があるのは確かだ。

「いと慈悲深き光の女神よ、ここに慈悲深き奇跡を！　偽りを唆す歪んだ骨の蛇」

……なんだ、今声が二重に聞こえたような。

放り投げられた卵が三つ、床に倒れ伏す男たちの体の上に落下する。流れ出る血に触れた途端に空中で解けるようにバラけ、一本のワイヤーとなって男たちの傷口に入り込んだ。

「アーティファクトか!?」

倒れている男たちの体が跳ね上がり、磔にされたような体勢で空中に浮かび上がる。

何が起こっているかわからず見ているだけしかできないぼくたちの眼前で、男たちの体が膨れ上がり、毛が抜けて肌が白く染まった。

頭部からは目鼻が溶けてなくなり、顔の半分は剥き出しの歯と歯茎が占めている。

変異が完了すると頭上に金色の輪っかが浮かび上がり、三体は空中を滑るように地面に降りた。

「……人が、魔獣に⁉」

「あれは……」

怪物じみた白いマネキン。ぼくはそいつらを知っている、前世でも見たことがある怪物だ。

一部の魔術屋（オカルティスト）が扱う、人を素材にして作り出す生物兵器『天使』。

なんでこっちにいるのかとか、あんなふうに作り出されていたのかとか。それは今はどうでもいい、それよりも。

「逃げろ！」

思ったよりハッキリと声が出た。空中を滑るように加速した天使の一体が呆然としていたひとりの冒険者を貫く。

「ぐはっ……あっ……ぎゃああああああああああ⁉」

「ひいいいい⁉」

壁に縫い付けられた男に天使が大口を開けた。恐怖と苦痛に満ちた断末魔が咀嚼音（そしゃくおん）に混じって途絶える。誰かが悲鳴を上げて走り出し、その後を天使が追いかけていった。

「やはりそれなりに戦える者でなければ、御使いにはなれないようですね」

「……厄介ですね。動ける方は被害者の確認をして連れ出してください、私が抑えます」

こちらに向かってくる天使の一体をハリード錬師が蹴り潰す。飛び込んできたのを横に回避しながらの踵落としだ。躊躇（ちゅうちょ）のない蹴撃で天使の頭が地面に叩きつけられ、ひしゃげて動かなくなる。

やっぱこの人、頭ひとつ抜けて強い。

でも……。

「スフィ、ノーチェ、フィリア」

「…………」

「三にんともっ！　逃げるよ！」

「あっ……わかったにゃ！」

このままじゃダメだ、完全にぼくたちが足手まといになってる。なんとか動揺している三人を正気に戻して、この場を離れなきゃ。

「良い判断です。地上に知らせてください」

「わかった」

「逃げられませんよ、ここからはひとりも」

逃げ出そうとするぼくたちに向かって、空間を揺るがせながら何かが迫ってくる。

「フィリア、いそいでっ！」

戦いで巻き上がった砂塵の中、見えた姿は口を開けた透明な蛇。

ぼくを背負っているせいで一瞬遅れたフィリアと、それを庇うスフィに襲いかかってきた。

気付くと体は反射的に動いていた。重い腕を動かしてスフィと蛇の間に割り込ませる。

噛みつかれたと認識した瞬間、激痛と共に赤い血が飛び散った。

「ぐう」

「アリス⁉」

「平気、いそいで」

痛む腕を引き戻す。ちゃんとした装備を身に着けているおかげで傷は浅くて済んだ。

不可視の刃だと思っていたら、見えない蛇を飛ばしていたのか。

「でもっ」

「本当に大丈夫、とにかく逃げなきゃ……」

「逃げられないと言っているでしょう?」（アアナントイウ奇貨ダ）

腕を押さえて止血していると、背後から不気味な声が聞こえた。

女の声に重なるようにして別の声が聞こえる。しわがれた老人のようにも、幼い子どものようにも聞こえる。さっきと同じ現象か。

「おとなしく諦めなさい、地を這う獣に逃げ場などありません」（ミツケタゾピトスノ鍵）

思わず振り返ると、修道女の背後に半透明な歪んだ蛇の姿が浮かんでいた。

「な、なんだあれ!?」

「くそ、化物め!」

「落ち着いて、避難と救助を優先させてください!」

動揺する冒険者たちを励ましながら、ハリード錬師が襲いかかるもう一体の天使を蹴りで倒し、修道女に走り寄る。

「ああ、主(あるじ)よ、私に更なる恩寵(おんちょう)を与えてくださるのですね!」

「いいえ、ここまでです——『豪蹴脚(ごうしゅうきゃく)』」

ハリード錬師の脚が水色の光に包まれ、凄まじい加速をもって修道女の体に打ち込まれる。無防備に両手を上げていた修道女はもろに蹴りを食らい、地下礼拝堂の奥にある壁に叩きつけられた。

「おぉ、やったか？」

長椅子で寝かされている人たちを救助しながら、生き残っていた冒険者たちが声を上げる。

「いえ、手応えがありませんね」

「グ、ググググ……ガガ」

言葉通り、修道女は粉塵の中から無傷で現れた。だけど様子がおかしい、瞳が赤く染まり、肌が異様に白くなっている。

「猛り狂う雷よ、愚かなるものに天の制裁を『穿つ雷光（サンダースピア）』」

自分を抱きしめながら呻（うめ）く修道女に向かい、ハリード錬師が雷の魔術を放つ。第四階梯の強力だけどコントロールが難しい魔術だ。

直撃を受けたらまず助からない一撃を受けてなお、修道女はその場に立ち尽くしている。ダメージを受けている様子はない。

「最初に見た時から何か違和感はありましたが、やはり尋常な相手ではなさそうですね」

「主よ……あぁ、わかりました。御心のままに」

修道女の視線がぼくに固定される。

「予定変更ですね……実験は放棄、連れて帰ります」

「させません！」

割って入ったハリード錬師の蹴りと修道女の腕が衝突し、今度はハリード錬師が弾き飛ばされた。

「アリスにさわるなっ！」

「こっち来んじゃねぇにゃ！」

次に立ちはだかったのはスフィとノーチェ、体に振り下ろされた刃が甲高い音を立てて折れる。

ふたりが驚いたまま吹き飛ばされ、修道女の手がぼくへと伸びてくる。

衝撃を受けると同時に首に何かが巻き付き、体が持ち上げられた。

「う、ぐ……」

「このような半獣が何故必要なのかはわかりませんが……我が主のお望みですからね」

呼吸が苦しい。ようやく思考が追いついてくる。みんなはどこに。

ノーチェは長椅子に背を預けて額から血を流し、フィリアは床の上で倒れている。

スフィは……。

「妹をはなせぇぇ！」

「ハァ……」

「あぐっ」

空いている方の手で殴られたスフィが殴り飛ばされ、壊れかけた長椅子にぶつかった。呻き声が聞こえる、嫌な音はしなかったけどすぐに動けないようだ。

「半獣ごときが大切な役目の邪魔をしないでください。貴女は暴れないでくださいよ、暴れるようなら手足は切ってしまいますからね」

「…………」

元から暴れられる体力なんてない、呼吸を整えて手足から力を抜く。

「そうそう、いい子です、そのまま」

わずかな酸素をかき集めてかろうじて意識を保つ。復帰してこないハリード錬師も軽いダメージじゃなさそうだ。冒険者たちにどうにかできる相手じゃない。

そもそもなんなんだこの異常な硬さは、どんな攻撃もまるで意に介していないようだ。

「さて、無かったことにしなければいけませんね」

修道女はぼくの首を絞めないように掴んで持ち上げながら、懐から呪符を取り出す。

『炸裂する炎球(ファイアーボール)』の呪符だ。今の状態だと誰も助からない、いちかばちかでカンテラを出そうと手をもちあげる。

その時、遠くから誰かが走ってくる音が聞こえた。

「この気配は……ぐうっ!?」

凄まじい踏み込みで距離を詰めながら現れたのは、さっき置いてきてしまったシスター・アナンシャだった。視線を下に向けると修道女の腹にタワーシールドの側面が叩き込まれていた。

「勝手に！　行っては！　――ダメでしょうがあ！」

そんな叫び声を上げながら、アナンシャはシールドを振り抜いた。

「げほっ……」

先ほどまでとは違い、修道女は血反吐を吐きながら吹っ飛んでいった。奥の祭壇に背中をぶつけて止まる。

……ダメージが入った、違いはなに？

「『影潜みの蛇』が、こんなところで何をしているのですか……答えなさい、エリゼ・リート！」

空中に放られたぼくをしっかりとキャッチして床に降ろしたアナンシャが、二本の脚でしっかりと床を踏みしめて盾を構えると、凄まじい怒気をまとった声を出した。

15. 影潜みの蛇

「影潜みの蛇……？」

「——異端審問を専門とする特殊部隊、光神教会の暗部というやつですよ」

「ハリード錬師」

思わず口から漏れた疑問に答えたのは、片足を引きずるハリード錬師だった。

「やれやれ、大概の相手はなんとかなると驕っていました。未熟さを噛み締めています」

暗闇の中でうっすら光る黄緑色の液体を口に含みながらハリード錬師が苦笑を浮かべた。

錬金術師だけあってポーションは持ち歩いているようだ。

「あ、あんた確か孤児院の!?」

「はい、彼女は私が引き受けます。冒険者の皆さんは被害者の方を……子どもたちをお願いします」

未だ健在の修道女をにらみながら、アナンシャの視線は冒険者のひとりが抱えている男の子たちに向かう。彼等が目的の少年らしい。呼吸音はするので生きてはいるようだ。

「シスター・アナンシャ。光神の下僕たる貴女が何故私の邪魔をするのですか？」

「……我等この魂を燃やし、普く命の未来を照らす灯火とならん」

どうやらふたりは知り合いみたいだ。修道女の言葉を受けて、アナンシャは激情を押し込めながら口を開く。

「私は光神教会の信徒として、人を護ることを第一に考えてきました。人々を踏みにじり、私欲を満たす貴女たちのやり方はやはり看過できません！」

「我々は神への奉仕者。心を惑わす邪教の者たちから人々の心を護るためにも、荒療治も必要なことなのです」

「人々の心を護る!?　人をさらい、街中で怪物を放ち何を守ると言うのです！」

論戦の最中、不意にぼく……じゃないな、隣のハリード錬師に視線が向けられた。

「錬金術師ギルドは光神教会から目の敵にされていますので」

光神教会の治癒魔術や救貧活動に対して、錬金術師ギルドの生産物は大きな影響を与える。嫌われるのも仕方ないことかもしれない。

「もしかして……錬金術師ギルドの実験でおかしな魔獣がって流れを作ろうとしてたとか？」

錬金術師が研究する分野は多岐にわたる。生命工学や薬学なんかでは魔獣を使った動物実験なんかが行われている。正直どこかの錬金術師が怪しい実験をしてると言われても否定できない。

「…………」

素直な感想を口にすると修道女から物凄い殺気を感じる。まさか図星とか言わないよね。

「さっきの怪物といい巨大化したネズミといい、錬金術師ギルドに罪をおっかぶせて影響力を激減させようとしていた？　なんのためにかはわからないけど」

「物静かで感情が乏しいのかと思いきや随分とおしゃべりな半獣でしたね。早めに黙らせておくべきでしたか」

「ぼくじゃなくても、おまえさえ捕まえたら誰でもすぐ気付く。考えが浅いんだよばばあ」

見上げて言うと、忌々しげに表情が歪んだ。おかしなことになっているから感情があるのか微妙だったけど、煽り文句はちゃんと効いたようだ。

「生意気な舌は必要ありませんね、連れていく前に手足も耳も尾もちぎり取っていきましょう」

「異端審問官である貴女が何故その子を狙うのかはわかりませんが、思い通りにはさせませんよ」

「偉大なる神の御心です。俗人が知る必要はありません」

会話を聞き流しながら横目でスフィたちの様子を見る。話の間に意識を取り戻していたノーチェがスフィたちを引きずって安全なところまで連れていってくれていた。

腹部を押さえるスフィが、痛みを我慢しながらぼくを心配そうに見ている。

「どきなさい」

「通すわけがないでしょう！」

修道女は距離を詰めてレイピアを振るい、アナンシャはそれを巨大な盾で捌く。重量も大きさもある盾を円盤のように振り回していた。

長椅子なんかの障害物も気にせず振り抜き、粉砕しながら修道女を圧していく。

「く……アーティファクトホルダーを敵に回すと厄介ですね」

「エリゼ・リート、私の知っている貴女は奉仕活動に熱心で真面目な方だったはずです。一体何があったのです……その力、もはや人の領域を超えています！」

木製とはいえ大きな椅子を粉砕する威力の盾を体に受けている。それも何度も。

ダメージがないわけではなさそうだけど、どういうわけかすぐに傷が治っていく。

「私は選ばれたのです、偉大なる光神の使徒として！　力を見せてあげましょう！　神よ……私に異端を砕く力を！」

叫び声を上げた修道女の爪が伸び、口が耳まで裂けた。瞳の瞳孔がまるで爬虫類（はちゅうるい）みたいに縦長に細くなり、服が裂け下半身が太い蛇のように変化していく。

体も一回り以上大きくなって、もはやまるっきり化物だ。

「アハハハ！　さぁさぁさぁ、逃げ惑え虫けらども！」

当人のテンションもおかしくなっている。耳障りな笑い声が地下空間にこだました。

「おい！　全員運び出したぞ！」

「早く逃げろ！」

アナンシャが時間を稼いでいる間に、冒険者たちによる被害者の搬送が終わったようだ。なんだかんだで彼等も彼等の仕事をこなしていた。後は……。

「悪いけど、相手する気はない」

あいつに暴れられるとスフィたちが大怪我をする可能性がある。一旦退場してもらう。

カンテラを呼び出して火を灯し、影で触媒を形作って修道女改め蛇女の足元へ飛ばす。

「ハリード錬師、あの子たちをおねがい……『錬成（フォージング）』」

「なっ!?」

錬成で床に亀裂を入れていくと、やつの重量も相まって床が崩れた。これは想定外だったのか蛇女は大きく体勢を崩して落ちていく。

「はあああ！」

「グアアアアア!?」

それを逃さずアナンシャが上から盾で殴り、蛇女は抵抗もできずに下の階層へ落下していった。

「よし」

「お待たせしました、脱出しましょう。どうやら戦力が必要なようです」

タイミングを合わせてポーションの効果で動けるようになったハリード錬師がスフィとノーチェを両手で抱えて回収してきた。

「フィリア、歩ける？」

「う、うん……びっくりして転んだだけ」

フィリアはふたりと違って本当に余波で転ばされただけみたいで、大きな怪我もないようだ。

「ぐ……あたしは自分で歩けるにゃ。錬金術師の兄ちゃんはアリス、あっちの小さいのを」

「わかりました、あなたも頭部を打っていますので無理はしないでください」

反論する暇もなく、ハリード錬師の腕がぼくの体をすくいあげる。体に重力がかかって一瞬で景色が流れていった。走るのが速い。

最後尾がアナンシャで、中間にぼくたちで先頭には被害者を抱えた冒険者たちが走る。

三人しかいないこともあって移動速度は遅い。いやひとりで大人含めて数人抱えて動けるだけで凄いんだけど。

「ようやく動けるようになってきたにゃ……」

「ノーチェ、フィリア。走りながらでいいからこれ飲んで、スフィも」

スフィたちに小さな試験管サイズの容器に入った黄緑のポーションを渡す。錬金術師の治癒ポーションは痛みを和らげ自己再生能力を上げる効力を持つ。

このくらいの傷ならすぐに問題なく動けるようになるはずだ。

「お……楽になってきたにゃ。あいつどうなったにゃ？」

「おろして、もうだいじょぶ！」

それにしては効くの早すぎるけど。治るに越したことはない。

「獣人は頑丈ですね」

「うらやましいかぎり」

もう自分で走れるようになったスフィを羨ましく見つめながら背後に耳を向けて集中する。……不気味なほどに静かだ。

「下まで落ちて死んだにゃ？」

「そんなんで死ぬならふたりの攻撃でとっくに死んでる。下がどうなってるかわからないし」

できるなら広い空間があってくれるといいんだけど、それは希望的観測すぎる。

気になるのは飛び出していった天使だけど、走っている最中に潰されているのを発見した。ルート的にアナンシャがやったのかな。

すぐ近くには引き裂かれた人間の死体も転がっている。こっちは天使の仕業だろう。

「さっきの床を崩したのってアリスさんですよね、その浮かんでいるのは……」

「あぁ、これは遺跡で拾った――」

遺跡で拾った、たぶんアーティファクト。それを伝えようと喋っている途中で足元から聞こえる破壊音と振動に気付いた。

「した！」

「ッ！」

足元が砕けると共に、蛇女の上半身が飛び出してくる。

「キャハハハ！　捉えたぁ！」

『スマッシュ』！」

『シールドバッシュ』！」

即座に反応したハリード錬師とアナンシャの声が被る。水色の光を纏った蹴りと、黄土色の光を纏った盾が蛇女の体を打った。

しかし蛇女は攻撃を意にも介さず、腕を振るって応戦したふたりを弾き飛ばした。

「くうっ……力が強くなってる！」

「がっ……しまった、アリス錬師！」

「ぐっ」

最悪なことに余波でフィリアの背中から放り出されてしまった。地面に叩きつけられ、意識が飛びかけたところに白い手が迫ってくる。

「アリスにさわるなっ！」

スフィがぼくを庇うように飛び込んでくるのが、やけにスローで見えた。爪で蛇女の体を引っかこうとするスフィを、嗜虐的(しぎゃくてき)な表情を浮かべた蛇女の腕が掴む。

「いっ……うあああ！」

「私は半獣ごときが触れていい存在ではないんですよ、身の程を弁(わきま)えなさい」

必死に起き上がって手を伸ばそうとするけれど、鈍い体がいつも以上に遅い。

「あぐうううう！」

腕だけで吊り上げられたスフィの体を、蛇女が無造作に殴った。肉がひしゃげる音と骨の砕ける音。小さな体が吹き飛んで、地面にぶつかって何度か跳ねた。

「ああ、汚らわしい」

面倒見が良くて優しくて、でもちょっとだけ傲慢(ごうまん)で強引で。連れ回されることもあったけど、いつも自分のことを我慢してぼくの世話を焼いてくれていた。

記憶が戻る前はいることが当たり前に感じていた家族が、どれほど得がたいものか。今ではしっかりと理解している。

ぼくのミスだ。

あんなやばいやつと遭遇なんてそうそう起こらない。

いつもそうだったから、どんな状況でも自分だけは被害が及ばないだろう、そんな感覚が染み付いていたからだ。決定的な油断、どうしようもない慢心。

みんなのなかでは一番大人だとか、経験があるとか調子に乗った結果がこれだ。守られてきただけなのに、守られることしかできないのに。ぼくのせいで傷つけた。

「さあ、私と来なさい」

こんなに、感情が動いたのはいつぶりだろう。

「――ふざけろ、くそあま」

腹の底から煮えたぎる怒りに呼応するように、カンテラの炎が噴き上がった。

16. アメノムラクモ

「その炎は!?　……あっ、アアアア！　燃える！　力が！」

湧き上がってくるのは化物鼬を相手にした時とは違う、失う恐怖ではなく怒りだった。

カンテラに照らされたスフィを見る、小さなうめき声が聞こえる。動けないみたいだけど、感じからして命に関わる傷じゃない。

でも痛いだろう、苦しいだろう。許せない。

「家族に手を出したこと、後悔させてやる」

一旦スフィから意識を外して蛇女をにらみつける。まずこいつを排除することが優先だ。

どうやらぼくたちには明るいだけのこの炎は蛇女にとっては恐れの対象らしい。先ほどから炎を恐れて距離を取っている。

炎に照らし出された影が渦を巻き、手のひらに集まってきて文字を作る。

懐かしい日本語で書かれていたのは何かの詠唱。不思議と唱えることに抵抗はなかった。

初めてカンテラを手にした時からまるで昔の友達と出会ったような気持ちになれた。そのせいかもしれない。

「虚空（そら）の果てより集いたゆたう、終わらぬ幻想（ゆめ）の一欠けよ。最初の言葉と願いを束ね、今ここに器となれ無垢（むく）なる混沌（こんとん）」

詠唱に応じて影が凝縮し、手の中でひとつの形を作り出す。

「〝偽典(ぎてん)・天叢雲(アメノムラクモ)〟」

最後の言葉に応じて影が剣の形で固まる。重量を感じない剣は光を通さない漆黒で、形は柄頭だけが丁の字のように広がり、握りから切先まで細長い。

古代の日本や中国で『青銅剣』と呼ばれていたものに酷似している。

握ってみると質感はあるけれど、影のためか重さがない。ぼくでも持てそうだ。

「アメノムラクモ……」

ぼくでも知っている、日本で一番有名な神剣。日本神話における三種の神器のひとつで、八岐大蛇(やまたのおろち)の尾から出たっていう。

なんでそんな物の名前が力を発動するための起動句(トリガー)なのかはわからない。

わからないけど。この状況で出てきて意味がないとも思わない。

「……てめぇは今すぐきえろ」

柄を握りしめると、カンテラの炎が刃に宿った。そのまま腕だけ振るって悶(もだ)える蛇女の上半身を斬りつける。

「ギャアアアアア!!」

思ったような手応えはなく、刃は相手の体をすり抜けた。

しかし斬られた側は耳をつんざくような絶叫を上げて体をのけぞらせ、地下道の壁に体を叩きつける。そのまま暴れ回りながら距離を取っていった。

「先ほどの錬金術といい、アーティファクトといい……人は見た目じゃ測れませんね」

いつの間にか復帰していたシスターが盾を手に隣に立っていた。

「でも決定打にはならないみたい、てつだって」

「当然です」

「おのれ……！　神から授(さず)かった私の力を……！」

こちらを睨む蛇女は体のあちこちに擦り傷ができていた。直接斬ることはできないけど、あの異常な防御力と再生力は阻害できるみたいだ。

ここでブリューナクは駄目(だめ)だ、貫通力がありすぎる。どこに当たるかわからない街の下で使うわけにはいかない。予期しない崩落の危険だってある。

もちろん非常時なら躊躇なく使うけど。味方がいるなら安定した方を選ぶ。

「うるせぇよ」

どっちにせよ近づいてもらわなきゃ、ぼくの体力と体術じゃ攻撃なんて当てられない。

「ぶっつぶしてやるからかかってこいよ、猿モドキが」

「────ガアアア！」

口にしたのは西方の普人に対する最大級の侮辱表現だ。普通ならぼくだって絶対に使わない。

スフィを傷つけられたことがそれだけ頭にきてるってことだ。

「救済の盾よ、私が慈しむべき全てを護れ！」

隣のアナンシャが叫ぶと同時に盾から光が放たれ、ぼくたちを包んだ。襲いかかってくる蛇女の爪がぼくに向かって伸ばされ、しかし光の膜に留められて止まる。

折角なので手に向かって剣を振るが、すんでのところで避けられた。やっぱ警戒されるか。

「チッ！」

「あぁぁ！　腹立たしい、忌々しい！　なんて忌々しい力！」

ハリード錬師がスフィを助け起こしてポーションを飲ませてくれている。音からして肋骨が数本は逝っているだろう、すぐに動くのは無理だ。

ぼくを狙っているようだし、この様子なら何度でも襲ってくるだろう。

次はノーチェやフィリアがやられるかもしれない。そう考えると逃げる気なんてなくなった。

もう二度と大事なものを傷つけさせたりしない、こいつはここで倒す。

「盾をどけろ、アナンシャァァァ！」

「お断りします！」

「失礼、出遅れました――『パワースマッシュ』」

ぼくではなくシスターに突進した蛇女を、壁を蹴って加速したハリード錬師が横合いから蹴り飛ばした。さっきまで骨が折れていたとは思えない暴れっぷりだ。

「この場でできる応急手当はして兎人の子に任せました。肋骨が三本折れただけで内蔵は傷ついていません、安静にしていれば大丈夫でしょう」

「……ありがとう」

心からの言葉が出た。ぼくは蛇女と対峙する限り動けない。スフィの手当は誰かに任せるしかなかった。これで心置きなくこいつを――ぶっつぶせる。

「フィリア、スフィをお願い！」

叫びながら蛇女に向かって剣を投げつける。やっぱり大げさに避けて体勢を崩した。

「では私も錬金術師らしくいきましょうか……『錬成』！」

ハリード錬師が腰につけたメダリオンを手に取り、床に押し当てた。床が棘のように変形しながら勢いよく迫り出していく。蛇女は石棘で体を抉られながらもこちらに向かってくる。

「邪教の術、この程度でっ！」

妨害をものともせずぼくへと距離を詰めてくる。アナンシャの盾、恐らくアーティファクトの防御がどんなものかはわからない。

少なくともさっきの防御を見る限り、この場で殺されることはないはずだ。だったらそれも利用してやる。ギリギリまで待ってから、投げたアメノムラクモを手の中に呼び戻す。

「猛り狂う雷よ、愚かなる……」

「ハハハ、私のほうが速いぞ！」

「知ってる」

ハリード錬師はちょっと距離があるし、錬成を使うために膝をついていて即座には動けない。アナンシャは盾を構えたまま動かない……動けないみたいだ。

それでもいい、元から相打ち覚悟だ。スフィたちのためなら手足の一本くらいくれてやる。

「――あたしを忘れてんじゃにぇーぞ！」

「⁉」

剣を振る直前、横合いから飛び込んできたノーチェが片手斧を蛇女に向かって振り下ろした。通常なら無視されただろう攻撃は、しかし斧が体に食い込んで蛇女の動きを一瞬止めてみせた。

「グ――」

「ないす、ノーチェ！」

動きが止まった蛇女の首元を剣で薙ぐ。生き物の形をしてるならここが急所だろう。

「ギャアアアア！」

首元を切られた蛇女は、外傷がないにも関わらず悲鳴を上げて首元をかきむしりながらのたうち回る。

そこに間髪入れずアナンシャが飛び込んできた。……お、体を包む光が消えている。

「『シールドクラッシュ』！」

下から振り上げた盾によって顎を打たれ、蛇女の頭が大きくかちあげられる。

「――愚かなるものに天の制裁を『穿つ雷光（サンダースピア）』」

続いて無防備になった蛇女の頭部に向かい、ハリード錬師の手から雷光がほとばしった。

「ア……ア……」

雷の直撃を受けて頭部が黒焦げになった蛇女がようやく倒れる。

ピクリとも動かない様子からして、どうやら無事に勝利できたみたいだった。

17.チュートリアル

――目を覚ますとどこかの部屋のベッドの上だった。

これ何回目よ。

閉じられた木窓から月明かりが入り込んでいる。部屋の中にはベッドが四つ並んでいた。

同じベッドの上でスフィが寝息を立てていて、向かいのベッドではノーチェが寝ている。その隣にフィリアがいるようだ。

「んー……」

寝ぼけた頭を動かして記憶を掘り起こす。確かあの蛇女が倒れるのを確認した後……あぁ、ぼくも気を失ったんだ。

それ自体はいつものことだからいいとして、全員無事ってことは蛇女はちゃんと倒せたんだろうか。ってそうだ、スフィ。

「んにゅ……くぅ……」

腕を掴みながら寝言を言うスフィの顔色は良い。身動ぎしたり呼吸をすると少し辛そうだけど、重い怪我をしている生き物の音や匂いは感じない。

「よかった」

化物鼬相手に普通に生き残れたことで少し調子に乗っていた、楽観視していたことを思い知った。

スフィを護るためにも、ぼくが頑張らないと。

でも今は、お互いに無事だったことを喜ぼう。

■

目を覚ました翌日、見舞いに来たフィリップ錬師とハリード錬師、それからシスターアナンシャから事の顛末（てんまつ）を聞いた。

再調査の結果、崩れた地下礼拝堂の奥から錬金術師のバッジとコートが発見されたそうだ。行方不明になっていた錬金術師のもので、入り組んだ地下道の中で遺体が発見されたという。

結局ぼくの推測は結構な割合で当たっていて、あいつは錬金術師ギルドの力を削（そ）ぐために彼らが違法な人体実験をしているという事件を起こそうとしていたようだった。

「まさか巻き込んでしまうとは思わなかったよ……」

因みに錬金術師ギルドはある程度情報を掴んでいて、戦闘もできるハリード錬師が頼まれて調査に向かっていたそうだ。

戦略物資を集めていたのも、組織だった行動だと見ていざという時の準備だったらしい。

大ネズミもなんらかの薬物を投与されたのが原因で巨大化していたそうで、近々それなりの腕の冒険者を集めて正式に駆除が行われることになったとか。

「……気になるところは多いですが、今回はそういった形で決着がつきました」

「明らかにどこかから物資提供を受けていたのに光神教会は関与を否定してるんだよ、恐ろしいね。……シスターの前で失礼だったかな？」

「いいえ、返す言葉もありません」

フィリップ錬師とアナンシャの間でちょっとだけ火花が散っている気がする。

「それにしても人間を怪物に変異させるアーティファクトとはね、恐ろしいものもあったものだ」

「仮にも万民の救済を掲げる光神教会が、随分と無茶をしたものですね」

「……最近の光神教会はおかしいと、私も思います。元々普人至上主義を掲げる勢力は大きかったのはたしかです。でも六年ほど前から急に獣人排斥運動を強めたり……奴隷商と繋がりはじめたり。この街も以前は獣人に対する風当たりはもう少しマシだったんですよ。それにエリゼ……あの神官の力は明らかに異常でした。何かが起きていると思います」

話を聞く限り、この街の獣人差別が激しくなったのは六年前からみたいだ。それまでは距離があっても街を歩くだけで悪態を吐かれるほどではなかったらしい。

獣人の子どもを狙う誘拐事件が各地で頻発しはじめたのもその時期だという。ぼくたちがおじいちゃんに拾われた頃だ。

……何か関係があるのかと疑いはじめた矢先、突然病室の扉が開いた。

「失礼しまーす、アリスさん検温の時間でーす」

「あぁ、すまない。長居してしまったね」

「そうですね、私たちは一度帰りましょう。では失礼します」

「はぁーい」

病室に入ってきた謎の物体と普通に挨拶を交わしながら、フィリップ錬師たちが病室を後にする。

入れ替わりになったのは体温計の入ったトレイを持った、赤錆びたハリガネでヒトガタを形作ったような異形だった。

「……なんでここにいるの」

前世でも会ったことがある人型アンノウン。通称『無貌』。

「流石に色々と説明が必要な頃かと思ってね、いやぁイレギュラーが多くて大変だよ」

唐突に現れてどっこいしょと椅子に座る前世の知り合いに思わず真顔になってしまう。

「久しぶりだねぇ、収容所以来だ。少年も元気そうで何よりだよ。何千億年ぶりだっけ？」

「……なぜ普通にぼくだって認識してるの？」

「直に見ればわかるよ、私に姿形は関係ないからねぇ」

ハハハとわざとらしい笑い声を上げるヒトガタにだんだん気分が悪くなってきた。

以前からずっと胡散臭いとは思ってたけど、今回に限ってはなんだか無性にイライラする。

さっさと話を終わらせてしまおう。

「時間をかけると検査中のスフィたちが戻ってきちゃうから、率直に聞く」

「どうぞ？」

「あなたはなにをどこまで知ってるの？」

「そうだね、君の内心以外は全部かな？」

「わざわざ出てきたなら、教えるつもりはあるってこと？」

「いいや！　まっったくないね！　私はネタバレ否定派なんだ」

両手を広げてわざとらしく笑うヒトガタにちょっとイラっとする。

嘘を吐いた、大分イラっときてる。

「じゃあおま……きみは、あなたはなんのために出てきたんだよ、わざわざ」

「呼びづらそうだから好きに呼んでいいよ」

「ハリガネマン」

「あっはっははは！」

苛立ちを込めて割とひどい呼び名を叩きつけたら、ヒトガタはお腹を抱えて笑い出した。……お腹の部分も針金の集合体にしか見えないけど、呼吸とか腹筋とかあるの？

「ははは……はぁー、い、一応この化身はね、海蛇の領域ギリギリにある南方諸島風の男で、肌は浅黒く、髪と瞳は淡い金色。女性ウケがいいんだよ」

「……なんでそんな詳しく言うの？」

「この先、万が一お友達とかちあった時に、認識の齟齬があると困るだろう？」

……お見通しな感じが、なんだか余計に腹が立つ。

「それで、ハリガネマンはなんで急に出てきたんだよなぐるぞ」

「自分を傷つける行いはよしたまえ。理由はだね、自分のしたミスのフォローのためさ」

「……ミス？」

「あぁ、私の体感時間だと随分と久しぶりでね。君が精神干渉の類を受け付けないことをすっかり忘れていたんだよ……いやぁ失敗失敗」

笑いながら後頭をかく仕草に、ちょっと毒気が抜かれた気がした。

「流石に投げっぱなしもどうかと思って、慌ててチュートリアルしに来たのさ」

「チュートリアル……このカンテラはハリガネマンがくれたってこと」

思い当たる部分がそこしかなかった。反応を見るに一応当たってはいたらしい。

「あぁ、それを君に〝届くよう手配した〟のは私だよ」

「手配した、ね」

含みのある言い方にまともに情報をくれるつもりはないようだと判断する。

音もしないし表情も見えない。ハリガネマンみたいなのを相手にすると嘘すら見抜けない。

「どうしても断れない相手から君へのプレゼントを託されてね、色々伝手を使って届けてもらったんだ。でも使い方が伝わらないのは想定外だったというわけさ」

「その相手って？」

「言う気はないよ？」

にべもない切り返しに口を閉じる。こういうタイプは最初から喋るつもりの事以外は喋らない。

ぼくの話術じゃ崩すのは無理だと早々に諦める。

「さて……そのカンテラはね、最も古い神獣の残滓（ざんし）から作られた神器。以前の地球で言うところのアンノウンだ。『原初の光（ルクス・オリジニス）』とでも名付けるといい。効力は映し出す影を君の思うままに操れる」

「………」

呼び出したカンテラに火を灯す。黒い影の輪が生み出され、思い描く通りふわふわと宙を泳いだ。

「この世界でいうアーティファクトと同じで、通常の物理法則とはまったく違う法則で動いている。

一度に呼び出せる影の量は魔力の影響を受けるが、燃料は必要としていない」

「魔力切れで使えなくなるみたいなことにはならないって？」

「そんなところだねぇ」

この調子なら、このカンテラについての質問は答えてくれそうだ。

「……じゃあ、あの謎の剣は？」

「影で天叢雲を再現したんだよ。謎も何も日本の神器だろう？」

それはわかってる、知りたいのは剣の効力の方だ。

「相手をすり抜けたけど、相手の再生とか異常な硬さがなくなった」

「映し出される影は物理的な存在ではないからね。レプリカとはいえ君が作った神器だ、擬似的に
付与された神格なんてかすっただけで麻痺。直撃すればそりゃ破断するよ」

「……神格ってのが、異常な硬さと再生力の秘密？」

「そ、手駒にするために神の力を注ぎ込まれたんだろうねぇ。素質があるなら魔力を製造する臓腑（ぞうふ）

が変質して神モドキの化物になる。今は神の力に制限があるから簡単にできることじゃないけど」

話を聞く限り、この世界にも神と呼ばれている存在がいるようだ。

前世では神も悪魔も妖精も精霊も謎の生物も全部ひっくるめて『アンノウン』と呼ばれていた、

詳細が分けられてるのが逆に新鮮だ。

「神や精霊以外に使う分には何も斬れない剣の形をした影だね」

「ダメじゃん……もうあんなのとは戦いたくないんだけど」

今後あんなのと頻繁にエンカウントとか御免被りたい。

「あはは、それはないだろうね。ある神獣と契約した初代魔王によって神々は世界の狭間……〝神域〟に追放されているんだよ。当時君臨していた神は大半が魔王に殺されてるし、現在は神獣とその眷属（けんぞく）を除いてこの世界に神と呼ばれるべき存在はいない。危ないのは手駒にされた生物くらいさ」

「つまり、たまに作られる手駒にだけ注意すればいいと」

「そういうことさ。神域からこっちに干渉するのには相応のリスクと対価が必要だ。それに神の目をもってしても、君の居場所を見つけることはできない。今回だってイレギュラーだし」

事情を全て知っている様子で言い切った。ほんとにこいつはどこまで知っているんだか。

「……ぼくはどうして転生したの？　もしかして、この子の体を奪ってしまった？」

ひとつだけ、どうしても気になっていたことが口から出た。

前世だの生まれ変わりだのは自分が思い込んでいるだけだ。

もしもアリスの人生を奪ってしまっていたらと考えると申し訳ない気持ちになる。

「記憶については事故みたいなものだよ。そうだねぇ、これもお詫びだ。憑依（ひょうい）とか体の乗っ取りだのではないってことだけ断言しておこう。それから君が知りたいことの答えは君が思い出していない記憶の中にある。ま、忘れたいなら忘れたままでもいいと思うよ。どうせ大したことじゃない」

「……そっか」

思い出せないっていうのは結構気持ちが悪い。何か大事なことを忘れていないかってもやもやする。でもこれ以上は聞いたところで教えてくれそうもなかった。

「……それじゃあ私はこの辺で。私も新しい世界を謳歌(おうか)しているからね、もしかしたらどこかでバッタリ出会うかもしれない。二度と会わないかもしれない。それもまた良いことだ。……君も新しい人生を謳歌してみたらどうだい、もう君を縛るものは何もない。嫌いじゃないだろう？　こういう世界も……冒険も」

言うだけ言ってハリガネマンは立ち上がり、トレイを置きっぱなしで病室を出ていく。引き留めようとして、止めるための言葉が思いつかなかった。

「アルヴェリアを目指すなら永久氷穴の大穴に寄ってみるといい、そこで心強い味方がずっと君を待っている。伝言はちゃんと伝えたよ、それじゃあ達者でね――我等の楔(くさび)」

病室の扉が閉じられる。ハリガネマンがいなくなっても、残された言葉がいつまでも頭の中で反響していた。

18. みみが西向きゃしっぽは東

ハリガネマンが立ち去ってしばらくした頃、スフィたちが戻ってきた。

「アリスどうしたの、なにかあった？」

「……ううん、大丈夫」

スフィは肋骨が三本折れていたけれど、すぐにポーションを飲んだおかげか既に骨はくっついているようだ。

ノーチェはあちこちに打撲と腕にヒビ。フィリアは打撲と擦り傷。

因みにぼくは掴まれたことによる首の捻挫（ねんざ）と過労による昏倒。唯一怪我らしい怪我をしてないのに一番重症と言われてる。捻挫は湿布で大分良くなった。

全員治療が終わっているので、すぐに退院しても問題ないということだ。

因みに治療費は騒動解決への貢献も考慮して錬金術師ギルドが全面的に負担してくれた。正直助かった。

「……明日には退院して、街をでようってかんがえてる」

「えー、そんな急に？」

ベッドの上で肩を寄せ合いながらスフィに予定を話す。

「ぼくがアーティファクトを使ってるの、冒険者にも見られてる。たぶん狙われるから早めに街を出た方がいいって」

アーティファクトは貴重な品だ。正当な所有者以外が持っても効力を発揮しないものばかりだけど、そんなこと大多数の人間は知らない。

「そっかー……シスターさんや孤児院の子たちともお話してみたかった」

「……うん」

アナンシャも良い人だった。時間が許すなら光神教会についても聞いてみたかった。

ただあんなことがあったし、潜んでいる暗部の人間がひとりだけとは思えない。

ぼくを『ピトスの鍵』と呼んだ、あの女と被さるように聞こえた不気味な声も気になる。行方をくらますなら早い方がいい。

「宿は特に何もしなくても期限が過ぎると退出扱いらしいし、挨拶だけ終わったら街を出よう」

「短いようで、ながかったねー」

「だね」

滞在したのは短い時間なのに、下手すると街を揺るがすような大事件に巻き込まれた。

守ってもらえたとはいえ、あの状況で全員生きて帰れたのは奇跡だ。

「……ノーチェたちとは、いつまで一緒にいられるのかな」

思考が頭の中でぐるぐる回った結果、口から出たのはそんな弱気な言葉。

「え、アルヴェリアまで一緒にいくんじゃないの？」

しかしスフィは何言ってるんだと言いたげな不思議そうな顔をしていた。

「……ふたりの目的もわからないし、どこまで一緒にいられるかはわからない」

「スフィはみんないっしょにアルヴェリアに行くと思ってた。じゃあ確認しよ！」

「え」

言うが早いか、スフィは脇腹を押さえながら声を張り上げた。

「のーちぇ！　ふぃりあ！　ふたりって一緒にアルヴェリアくるよね？　一緒に行こうよ」

「あん、別に考えてなかったけど。元から力つけたら街を出るつもりだったし、他に行く当てもないからにゃー……。よし、いっちょお前らの故郷まで付き合ってやるにゃ」

「わ、わたしも！　足手まといになっちゃうかもしれない、けど。スフィちゃんたちとアルヴェリアに行きたい」

「うん、アルヴェリアまでみんな一緒だね！　よかったねアリス！」

「……………うん」

うじうじと考えていたこと悩みが、ほんの一瞬で綺麗になくなってしまった。

ああ、簡単なことだった、はじめから「一緒に行こう」と口に出して言えば良かったのだ。

「にゃんだ、もしかしておまえ、ここのところちょっと暗かったのってそれが理由にゃ？」

探るようなノーチェに返事に困って思わず呻いた。

「アリスはね、ちっちゃいころからねー。素直じゃないけど、あまえんぼさんなんだよ」

「…………」

「素直に言えばよかったにゃ、頼れるノーチェさまが付き合ってやるにゃ。ん、にゃんだ、照れてんのか～？」

「ノーチェちゃん、いじわるしちゃダメだよ」

絡んでくるノーチェを止めるフィリアも、楽しそうに笑みを浮かべている。

……ああ、そうだよ。せっかくできた友達と離れたくないなって。いつまで一緒にいられるのかなって。そんな考えがずっと思考の一部を占めていたよ。

前世では小さな頃からこう言い聞かされて育った。「迂闊に願いを口にしてはいけない」と。

ぼくの望みを聞いたアンノウンが口にした望みを叶えようとしてしまうからだ。

水を願えば適当な人間から水分を絞り出し、ケーキを願えば近くの職員がケーキに変わる。

伝えた望みは周りに被害をもたらし、歪んだ形で叶えられる。

そのせいで、ぼくはいつからか自分の願望を口にすることをしなくなった。

……でも生まれ変わった今なら。前世とは違う〝ぼく〟なら。

パンドラ機関もない、アンノウンに囲まれてもいない、今なら言ってもいいんだろうか。

「友達ができて嬉しかった。大変だったけど、みんなとの旅は楽しかった。足を引っ張ってばかりだけど、ノーチェとフィリアがいいなら一緒に旅をしたい。アルヴェリアについても、ずっと」

震える手を握りしめてひとつひとつ言葉にしていく。呪いにならないことを、歪んだ形にならないことを確認しながら。

「あー……うん、あたしも。手はかかったけど楽しかったにゃ」

「わたしも楽しかったよ、大変だったけど」

ふたりがくすくすと笑って受け入れてくれたのを見て、安堵から肩の力が抜ける。

「よーし！　じゃあパーティーの名前決めよう！　せいしき結成ね！　スフィがリーダーやる」

「は？　あたしがリーダーにゃ！」

「喧嘩しちゃだめだよ、というかふたりとも怪我してるんだから!?」

リーダー決めの話し合いがはじまるのを眺めながら、ぼくはベッドに体を横たえる。

何も起こらない、普通の受け答えだ。

まだ少しドキドキしている。

前世からずっと止まっていた人生の歯車が、新しい人生でようやく動きはじめた気がした。

■

早朝、朝もやの中。

フォーリンゲンの大門前でぼくたちはフィリップ錬師とアナンシャの見送りを受けていた。

必要なものは全て不思議ポケットの中と、404アパートに収納してある。

一応カモフラージュでフィリアには大きなリュックを背負ってもらっているので、見た目は普通のちびっこ冒険者だ。

「慌ただしい出発をさせてしまう。ろくな見送りもできずにすまないね」

「子どもたちを助けるのを手伝ってくれて、ありがとうございました」

「気にしないで。それよりハリード錬師は？」

昔のことに詳しそうだからもう少し話がしたかったのに、結局ゆっくり話す時間がなかった。

「ハリード錬師は今朝早く岳竜山脈に向かって発ったよ、元々本部から召集を受けていたようでね。どうせ急ぎで出るのならついでに君たちのフォローをと、子どもを乗せたように装って慌ただしく出ていった。怪我をさせてしまったお詫びだそうだ」

「……なんか思わぬところで色々世話になっちゃった」

スフィたちにかなり高めのポーションを使ってくれたり、怪我をしながら守ってくれたり。それに加えて今回のデコイ役だ、義理もないのに随分と手を貸してくれた。

「アルヴェリアに向かうのだろう？　本部に行った時にでもお礼を言ってあげるといい。それと純粋な善意というわけではないだろうから気にしなくていいよ」

「……どういう意味？」

「本部の御歴々が新進気鋭の錬金術師に目をかけているということだよ。君がいずれ錬金術師ギルドに新しい風をもたらしてくれるんじゃないか、とね」

「ぼくはそんな大層なものじゃない」

謙遜とプレッシャーに気圧されてそう答えると、フィリップ錬師は苦笑を浮かべた。

「大人が勝手に期待をかけているだけだからね、未来で御歴々の投資がどうなるかなんて君が責任を持つことではないよ。それよりもたくさん迷って、たくさん遊んで、たくさん学びなさい。今から大層なものじゃないなんて決めつけてはいけない」

だって、とフィリップ錬師は言葉を区切って口を開く。

「君たちの人生はこれからだろう？」

言葉と同時に夜が明けはじめた。昇りつつある朝日が町並みををまばゆく照らしていく。

なんて偶然だろう、狙ったかのような日の出に三人で思わず笑みをこぼす。

「いやはや、こういうこともあるのだね……人生とは」

「セリフにはバッチリ合ってた」

「ちょっと感動しちゃいましたよ」

だけど、おかげで目が覚めた。

「……アルヴェリアまでの道すがら、色々考えてみる」

「ああ、どうかお気を付けて。無事に辿り着けることを祈っているよ」

「貴方(あなた)がたの旅路を数多(あまた)の灯火が照らしますように。旅の無事を祈っています」

「うん、それじゃあ」

スフィたちに視線を送ると、みんなも頷いて荷物を手にした。

「おじちゃんも、シスターさんも、ばいばーい！」

「そんじゃにゃー」

「さようなら、お世話になりました！」

おんぶしてくれるスフィに甘えようとして、少し思い至ることがあって足を止める。

「それじゃあ――いつかまた」

気軽に旅なんてできない世の中でも、いつかまた会えることを願う。

手を振るふたりに見送られながらぼくたちは大門をくぐった。

「あ、そうだった」

「どうしたの？」

「これこれ」

自分のポーチから大銅貨を一枚取り出して見せると、しばらく見ていた三人もハッとした様子で自分のお小遣いから大銅貨を出した。

「この四枚はみんなで稼いだお金だから。堂々といこう」

「なかなかわかってるじゃにゃいか、アリス」

ぼくがそう言うと、ノーチェたちはニィっと笑みを浮かべて銅貨を掲げた。

「おじさん」

朝もやの中で門の脇で哨戒（しょうかい）している、見覚えのある背中に声をかける。振り向いた男の人は、最初にお金を貸してくれた門番さんだった。

探すまでもなく見つけられるなんて幸先が良い。

「ん？　お前たちは確か……なんだよ見違えたじゃないか。とうとう出発か？」

「おう、あたしらのパーティ……『しっぽ同盟（テイルズユニオン）』の門出にゃ」

ノーチェの声に合わせ、全員せーので大銅貨を差し出す。街から出る時に税金はかからない。だからこの四枚は入る時に助けてもらった分のお返しだ。

「ははは、大した嬢ちゃんたちだ。俺はただの門番だ、詳しくは聞かないが……頑張れよ」

「あったりめぇにゃ！」

受け取った大銅貨を握った拳を掲げて、門番のおじさんは快活に笑った。

門を背にするおじさんに手を振りながら、明るくなっていく街道を駆けていく。

同じ歩幅で歩くのは大変だ。

お互いに何を考えているかわからないから、話し合うことで確かめていく。

夜は明けるし、雨は止む。気持ちは言葉にしなければ伝わらない。

そんな〝当たり前〟のやり取りが、この世界に来てようやくできた気がする。

「よーしおまえら、リーダーであるあたしが号令してやるにゃ」

「暫定だもん！　ざんてー！」

因みにリーダーは激しい闘いの末に、暫定的にノーチェに決まった。コイントスは投げたコインをキャッチできる限界高度を競う遊びではない。

「目指すは東！　聖王国アルヴェリア！　出発にゃー！」

「「「おー！」」」

掛け声と共に走り出したノーチェに続き、ぼくたちはせーので新たな旅路を踏みだした。

……まぁ、すぐにへばってスフィに背負われることになったんだけど。

あとがき

わあーーーーーというわけで読んでいただきありがとうございました！

ちびっこ達の冒険の第一歩、お楽しみいただけましたでしょうか。

前世でも関係のあったアンノウンとの再会。不思議でやばい道具、地域の数々。

まだまだ冒険は始まったばかりです。

これから色んな場所を歩いて行くちびっこ達の旅を楽しみにしてもらえると嬉しいですね。


さて、今回は書籍化のお話をいただいた時にわがままを聞いてもらい、本文とイラストを両方担当するという形で出版させていただくことになりました。

意外と珍しいみたいで、私自身もあとがきを書きつつどうなるかドキドキしている状態です。

四人のかわいらしさをちゃんと表現できているかな……と。

自分で自分の思い描くものを形にするというのも、中々難しいですね。

物語だけでなく挿絵やキャラクターデザインも気に入ってもらえるとありがたいです。


デザインと言えば、アリスに結構苦戦しました。

何しろ中身は事情があるとはいえ引きこもりな男の子。着るものを選ばせると自動的に黒くなるうえにズボン系中心になってしまうというジレンマがあります。

かといってかわいい洋服を喜んで着るのも、元男の子にしては何か違うよな……と。

結果として今回の黒いローブスタイルになりました。

白いスフィと対になるので気に入っていますが、絵面が黒いのが欠点です。

かわいらしい格好はこの先スフィにがんばってもらうしかないですね。お姉ちゃん権限できっとお揃いのかわいい服を着せようとしてくれるでしょう。


男の子だった子が女の子になってしまったという状況についても、仲間たちとの関係も。

まだまだ書きたいネタも話も尽きませんので、お見せできる機会がきてくれることを願います。


それでは、次のお話で。

ありがとうございました！

BKブックス

おおかみひめものがたり

2023年3月20日　初版第一刷発行

著　者　とりまるひよこ。

イラストレーター　とりまるひよこ。

発行人　今 晴美

発行所　株式会社ぶんか社
〒102-8405　東京都千代田区一番町29-6
TEL 03-3222-5150（編集部）
TEL 03-3222-5115（出版営業部）
www.bknet.jp

装　丁　AFTERGLOW

編　集　株式会社 パルプライド

印刷所　大日本印刷株式会社

ISBN978-4-8211-4654-3